LA COLERE DE XANTIPPE,

OU

L'ÉDIT

DES DEUX FEMMES;

POËME DRAMATIQUE,

Par M... Secrétaire ordinaire de MONSIEUR, *Frere du* ROI, *&c.*

PRIX, 1 liv. 10 sols.

Versibus exponi tragicis res comica non vult.

A ATHÈNES;

Et se trouve A PARIS,

Chez VALLEYRE l'aîné, Imprimeur-Libraire, rue de la vieille Bouclerie.

M. DCC. LXXXIV.

Par l'abbé [illegible]

PRÉFACE.

PARMI les faits principaux dont il eſt queſtion dans ce Poëme, c'eſt-à-dire, ſur leſquels il eſt fondé, il en eſt qui ſont hiſtoriques, & qu'il n'eût pas été permis de ſuppoſer; il en eſt qui ſont de l'invention du Poëte, conformément à la permiſſion *quidlibet audendi* : il eſt donc néceſſaire d'en faire ici la diſtinction.

Ceux qui ont lu l'Hiſtoire ancienne ſe rappellent que la République d'Athènes s'étant trouvée, par l'effet de la guerre & d'une peſte qu'elle avoit éprouvée, manquer d'hommes propres à porter les armes, ſon Sénat rendit un décret, par lequel il étoit permis à chaque citoyen d'avoir deux femmes à la fois.

Un autre fait, atteſté par les Hiſtoriens de la Grèce, c'eſt que la ville d'Athènes, & celle de Mégare qui n'en étoit éloignée que de quelques lieues, étoient ennemies déclarées l'une de l'autre; que l'animoſité perpétuelle qui régnoit entre ces deux villes étoit portée au point qu'un Mégarien ne pouvoit mettre le pied ſur le territoire d'Athènes ſans courir le riſque de ſa vie, & réciproquement; & que malgré ce danger, Euclide, citoyen de Mégare, & ami de Socrate, se rendoit tous les jours, ou du moins très-souvent, à Athènes pour s'entretenir avec ce Sage renommé, de matieres philosophiques, avec la seule précaution de se travestir en femme. Ces deux faits sont rapportés par M. Rollin.

Un troisieme fait, aussi connu par l'Histoire, c'est que la République d'Athènes s'étoit engagée, par un décret solemnel, à mettre la postérité d'Aristide *le Juste* à l'abri de l'indigence, en reconnoissance des services importans & désintéressés que cet homme de bien avoit rendus à la République. Plutarque le dit formellement dans la Vie abrégée de cet homme illustre.

Tels sont les faits que j'ai trouvés dans l'Histoire. Tous les autres qui servent à la marche du Poëme sont de mon invention.

Sans parler des faits de détail qui naissent de la colere de Xantippe, allumée dès le premier Acte, je me suis cru permis de supposer un Edit qui ne permettoit pas que l'on vécût dans le célibat, & que néanmoins cet Edit n'étoit pas si rigoureux qu'il ne permît aux personnes nubiles de l'un & de l'autre sexe de ne point se marier, ou du moins de différer à prendre ce parti, pourvû qu'ils mariassent & dotassent à leur place un sujet propre à augmenter la population de l'Etat, seul but de l'Edit des deux femmes.

Un autre fait qui n'est pas plus vrai, mais qui m'a paru aussi vraisemblable, c'est la délibération que prend l'Aréopage après qu'Euclide lui a été dénoncé comme Mégarien, de l'exempter de la peine qu'il avoit encourue, & même de lui permettre de venir à Athènes librement & sans danger; délibération dont j'ai cru pouvoir faire honneur à ce Tribunal, si célebre par ses lumieres & par sa sagesse : *ex noto fictum.*

De tous ces faits, tant historiques qu'imaginés, fondus ensemble, j'ai formé une action principale; & pour la conduire au but où j'avois l'intention de l'amener, j'ai dressé un plan, fondé sur les divers intérêts, sentimens & passions de mes Personnages.

Ce plan ainsi dressé & digéré, je le communiquai à plusieurs connoisseurs, ainsi que quelques Scènes que j'avois déjà exécutées, & ils trouverent le tout vraiment dramatique & tout-à-fait agréable à mettre sur la Scène.

Je dirai plus : c'eſt que l'un d'eux, homme d'eſprit, connu pour tel & pour être au fait de l'Art Dramatique, me propoſa de traiter ce ſujet de compagnie. Mais, je l'avouerai, une certaine avarice littéraire, un amour paternel pour ces Scènes, déjà exécutées & goûtées d'un Auteur célebre, mort depuis quelques années, ainſi que de pluſieurs autres Gens de Lettres, ne me permirent pas de partager ce petit tréſor dont j'étois propriétaire. Je craignis auſſi, pour tout dire, qu'un Collégue, concevant mon principal Perſonnage, Socrate, autrement que je ne le vois, ne m'entraînât, contre mon intention, à en faire un pédant, comme ont fait preſque tous ceux qui juſqu'à préſent l'ont produit ſur la Scène.

Libre de toute contrainte, affranchi de toute complaiſance, ce ſujet, que j'avois d'abord, comme vraiment théâtral, deſtiné pour la repréſentation; par des raiſons qui me ſont ſurvenues depuis, je l'ai exécuté comme œuvre purement littéraire, & uniquement pour la lecture & l'amuſement des honnêtes gens. Dans cette nouvelle intention, ſans avoir égard à la vivacité que doit avoir une action théâtrale, & néanmoins ſans rien changer au plan ni à la conduite, j'y ai répandu tous les traits de la vie de mes Personnages, que l'Histoire nous a conservés; c'est-à-dire, s'il m'est permis de parler ainsi en pareille matiere, toute l'érudition dont le sujet m'a paru susceptible.

Voilà tout ce que j'avois à dire pour mettre le Lecteur à portée de juger du fond de mon ouvrage, selon le sens dans lequel je le lui présente.

Pour ce qui est de l'exécution, je ne me cache pas que ma maniere n'a nulle ressemblance avec celle de plusieurs Piéces dramatiques que je vois représenter avec succès depuis un certain nombre d'années. Mais, sans vouloir faire ici la critique d'aucune de ces Piéces en particulier; si l'on remarque dans la mienne un plan, un but auquel j'aie marché avec vraisemblance, un nœud, un *imbroglio*, un dénouement tirés du sujet; si le dialogue en est naturel, si les Personnages ne disent que ce qu'ils devoient dire dans la position où je les ai placés; si l'on y rencontre les situations plaisantes que le sujet comportoit; si les Acteurs n'entrent point sur la Scène & n'en sortent point sans nécessité; si les mœurs en sont prises dans la nature & dans les sociétés honnêtes; si enfin dans les détails on trouve quelques-uns de ces traits dont on aime à meubler sa mémoire ; j'espere que les Lecteurs que j'ai eu en vue, pardonneront aisément à mon ouvrage de ne point ressembler à ces Piéces où l'on ne rencontre absolument rien de ce qui est essentiel au genre dramatique ; où l'Auteur seul, par la bouche de ses Personnages, tient des propos guindés, entortillés, qui voudroient être spirituels & ne sont qu'un galimatias, qui ne tend à aucune action ; & qui, au lieu d'instruire & de réjouir, ne font qu'ennuyer par leur impertinente longueur ; où les Acteurs entrent sur la Scène & en sortent sans nulle raison, par conséquent sans faire la moindre sensation ; où les mœurs sont copiées, soit sur des individus bisarres & fantastiques, ou sur celles d'un cercle étroit & vicieux de mauvaise compagnie ; dont enfin on ne peut recueillir le moindre trait qui puisse se citer avec agrément dans la société des gens d'esprit : espèces de pantomimes, qui paroissent faites uniquement pour faire paroître devant le Public tels ou tels Acteurs, auxquels véritablement elles ont les plus grandes obligations, ainsi que leurs Auteurs en conviennent eux-mêmes publiquement ; sans

songer

songer que plus ils accordent de part à l'Acteur dans la gloire du succès, moins il en reste pour l'Auteur : Je me flatte, dis-je, que cette classe de gens de goût, dont le suffrage seul est de quelque poids, pensant avec raison que les Piéces de Plaute & de Térence, qui ont été mises sur notre Théâtre par Moliere & Regnard, n'y ont réussi, malgré l'intervalle de tems qui sépare les deux Latins des deux Français, que parce qu'elles portent un caractere propre à amuser les honnêtes gens de tous les siecles, me pardonneront de n'avoir pas sacrifié à la mode, dans l'exercice d'un Art fondé sur la nature & le bon sens, qui sont éternellement les mêmes.

J'aurai bien assez contre moi des fautes que je puis avoir commises contre mon sujet, peut-être même contre les regles de l'Art, & des négligences qu'on pourra remarquer dans la maniere dont je l'ai écrit.

Ce n'est pas, au reste, sans avoir communiqué à des Maîtres de l'Art cette production ainsi exécutée, que je la livre aujourd'hui au Public; & je serois trop flatté que le Lecteur en prononçât un jugement qui rassemblât les sensations diverses qu'elle a faites sur ces Maîtres; car les uns l'ayant trouvé instructive & les autres gaie, il s'ensuivroit que j'aurois réuni ce qui se rencontre si rarement dans les Arts, *Utile dulci*;

PERSONNAGES.

SOCRATE, Bourgeois d'Athènes.

XANTIPPE, Femme de Socrate.

MYRTO, petite-fille d'Ariſtide le Juſte, orpheline élevée par Socrate.

ALCIBIADE, l'un des premiers de la République d'Athènes, élevé par Socrate.

EUCLIDE, de la ville de Mégare, ami de Socrate.

LUTECE, Gauloiſe, Eſclave de Myrto.

UN NOTAIRE.

UN ESCLAVE d'Alcibiade.

Pluſieurs OFFICIERS de l'Aréopage & des Archontes.

La Scène eſt à Athènes, dans la Maiſon de Socrate.

LA COLERE DE XANTIPPE, OU L'ÉDIT DES DEUX FEMMES.

ACTE PREMIER.

SCENE PREMIERE.

SOCRATE, MYRTO, LUTECE.

SOCRATE.

EH bien! ma chere enfant, est-ce en cette journée
Que nous célebrerons votre heureux hymenée?
Les délais de l'Edit sont expirés; ainsi
Il faut que dans le jour vous ayez un mari:
M'apprendrez-vous enfin qui cet honneur regarde?
Est-ce le gros Charès?

MYRTO.

Ah! que le ciel m'en garde!
Rien ne peut me forcer à prendre pour époux
Un homme transporté d'un éternel courroux,
Qui du matin au soir murmure, blâme, gronde;
Egaux, inférieurs, contriste tout son monde;
Un bourru qui, donnant pour très-prompt & très-vif
Son esprit, dans le vrai très-lent & très-massif;
Sous le nom usurpé d'une vertu louable,
S'applaudit en secret d'un vice haïssable,
Et n'est en sa fureur qu'un barbare, un méchant,
Bouffi d'un sot orgueil, masque de son néant.

SOCRATE.

Vous emportez la piece.

MYRTO.

Oui, ce ton de colete,
Dans les hommes bourrus est comme une barriere
Posée entr'eux & nous par leur orgueil menteur,
Pour nous tenir plus loin de leur peu de valeur.
En vain prétendroient-ils, d'ailleurs, être estimables;
Ceux-là ne le sont point, qui sont insociables:
La femme, les enfans, le pauvre inférieur,
Veulent être traités sur-tout avec douceur.
Le ton brusque & bourru choquant avec justice,
N'est point un ridicule, il est plutôt un vice;
Car, si chacun, usant du droit d'égalité,
Traitoit l'homme bourru comme il en est traité,

Les effets violens en seroient une suite,
Et la société seroit bientôt détruite.
En un mot, par humeur, maltraiter son égal,
C'est le vice grossier d'un orgueilleux brutal.

SOCRATE.

Il est vrai que Charès est toujours en colere.
Et Demophon, a-t-il le bonheur de vous plaire?

MYRTO.

Qui donc? ce personnage insipide, ennuyeux,
Chez qui les soin du corps sont si minutieux;
Qui plein d'égards pour lui, sans égards pour personne,
Sacrifie à soi seul tout ce qui l'environne;
Avec qui que ce soit par-tout s'appropriant
Le plus commode lieu, le mets le plus friand;
Que le moindre zéphir, le serein, la rosée
Tourmentent de frayeurs si dignes de risée
Et si pleines d'ennui pour ceux qui sont témoins
Des détails importuns de ses bizarres soins?
Lorsqu'on est incommode à ce degré suprême,
Il faudroit tout au moins se suffire à soi-même:
Mais non: si difficile à vivre, il ne peut pas
Rester seul au logis, dehors seul faire un pas:
De crainte d'accident, par-tout le suit son Dave;
Une femme avec lui ne seroit qu'une esclave;
Quatre mois, quatre jours de sa société,
Doivent paroître longs comme une éternité.
Je connois mon devoir: mais seroit-il possible

Qu'avec un tel mari je vécusse paisible ?
Ces gens-là qui devroient être si tolérans,
Dans leur humble logis sont de petits tyrans ;
Une femme avec eux est sans cesse à l'épreuve ;
Et lorsqu'on le voudroit, on ne devient pas veuve.
Vous me proposez là deux singuliers maris !
L'un est digne de haine, & l'autre de mépris.

SOCRATE.

Si vous n'en voulez pas, je ne vois plus qu'Eucrate :
Il a de la fortune, &...

MYRTO.

Pouvez-vous, Socrate,
Vous qui le connoissez à fond, pouvez-vous bien
Me parler de nouveau d'un pareil Citoyen ?
D'un système erroné partisan idolâtre,
Et du Gouvernement frondeur opiniâtre,
Ceux qui reglent l'Etat, selon lui, sont des sots,
Des traîtres, des fripons : ce sont ses propres mots.
Sans connoître nos Loix, ni savoir notre histoire,
Sans érudition, jugement ni mémoire,
Il déchire au hasard nos Archontes. « L'impôt
» Est toujours, à son sens, bien plus fort qu'il ne faut ;
» Les sujets opprimés, leur fortune envahie,
» Sont en proie aux tyrans qui pillent la patrie,
» Sous les corps excessifs de leur autorité
» Nous allons voir dans peu périr la liberté. »

Si l'on veut des écrits réprimer la licence
Portée au dernier point, il a l'impertinence
De dire que pour mieux pouvoir nous égorger,
Dans l'ignorance antique on veut nous replonger.
Enfin, que sais-je, moi, tout ce que son audace
Débite impudemment contre les gens en place?
Moi qui sais, grace à vous, sans ambiguité,
Que tout Gouvernement doit être respecté,
Même dans ses abus; & que c'est faire un crime
Que d'oser murmurer contre un joug légitime:
Je regarde un frondeur comme un sujet ingrat,
Qui veut, non réformer, mais déformer l'Etat;
Qui feignant d'en vouloir bannir la tyrannie,
L'incline dans le fait vers l'affreuse anarchie:
Tel est l'homme, Seigneur, que vous me proposez:
Nos sentimens sont trop l'un à l'autre opposés,
Pour que nous vécussions jamais d'intelligence.
Eucrate est entêté comme l'est l'ignorance:
Dans ses principes sûrs constante au dernier point,
Myrto pour des erreurs ne les changera point;
Ils ne sont donc pas faits pour être unis ensemble.
Est-ce mal raisonné, Seigneur? Que vous en semble?
Il a de la fortune; oui, plus qu'il n'en est dû
A sa mince industrie, à son peu de vertu:
Mais avec tout son bien, je prévois que sa femme
Ne sera de ses jours avec lui qu'une Dame
Fort à plaindre, & je crois que lorsqu'il lui faudra

Robes, ajustemens, bijoux, & cetera,
A chaque instant du jour, en son aveugle rage;
Ce frondeur éternel lui tiendra ce langage:
» Je ferois volontiers ce que vous souhaitez;
» Mais par le Ministere horriblement traités,
» Et menacés de pis par nos Maîtres barbares,
» Il faut que, malgré nous, nous devenions avares;
» A la vie & l'habit que nous nous en tenions,
» Et que de tout le reste enfin nous nous privions.

SOCRATE.

e ne vous parle plus du bel Alcibiade.
(*Après une pause.*)
Il est depuis huit jours revenu d'Ambassade.
(*Après une pause.*)
Il faut sans différer qu'il se marie aussi.
(*Après une pause.*)
J'ignore à qui ses vœux s'adresseront ici.
Il vous parla d'amour, vous daignâtes l'entendre.
(*Une pause plus longue.*)
Voyez donc le parti qu'enfin vous voulez prendre.

MYRTO.

Il est tout décidé, Seigneur, & cet écrit
(*Elle tire un papier de son sein.*)
Contient mes sentimens au vrai: je l'ai souscrit
Pour qu'il serve au Notaire à dresser dans son style
Un contrat, sous l'abri duquel je sois tranquille.
L'écrit s'adresse à vous, & je crois fermement
Que vous y donnerez votre consentement,

Et que vous trouverez bien trouvé, simple & sage
Mon moyen de subir le joug du mariage.
Il faudra que Xantippe y donne également,
Pour le bien de la paix, son acquiescement.
Mais en lui proposant, dans son vrai sens, la chose,
Je n'imagine pas du tout qu'elle s'oppose
A des arrangemens qui, selon mes desirs,
Ne porteront jamais d'obstacle à ses plaisirs.

SOCRATE.

Je n'entends pas encor...

LUTECE.

Ni moi, je vous le jure.
Pour mon entendement c'est une énigme obscure.

MYRTO, (*en lui donnant l'écrit.*)

Tenez, de ce papier dépendent mes destins.
Décidez-en, Seigneur, ils sont entre vos mains.

SOCRATE.

A vous servir, Myrto, mon ame est disposée;
Je vais donc sur le champ, à tête reposée,
Examiner quel est votre plan; puis après
Faire ce qui convient à vos vrais intérêts.

(*Il sort.*)

SCENE II.

MYRTO, LUTECE.

LUTECE.

A ce que je comprends, mon aimable Maîtresse
Se marie en ce jour.

MYRTO.

Oui, ma chere Lutece.
Je vais, puisqu'il le faut, sans pouvoir dire non,
De femme, dans le jour, je vais prendre le nom.

LUTECE.

(*A part.*) Le nom ! (*haut.*) C'est un grand jour dans ma belle patrie,
Madame, que le jour auquel on se marie.
Les Gaulois sont civils, d'un naturel benin ;
Une vierge est pour eux presque un objet divin :
Les amis, les voisins, la famille mandée,
De complimens, de dons surchargent l'Accordée;
Aux approches du tems marqué pour l'union,
Tout ressent le plaisir, la satisfaction ;
Dans les faciles vers d'un vif epithalame,
On chante les vertus du mari, de la femme :
Enfin quand le Druide, à la face des Dieux,
De leur doux hymenée a consacré les nœuds,

On se voit, on se fait grand'chere, bonne mine.
Et par des bals joyeux la fête se termine.
Ici je ne vois rien qui ressemble à cela;
Votre hymen est privé de tous ces dehors-là:
Bien plus, dans peu d'instans l'affaire se consomme;
Et je ne puis pas dire encor comment se nomme
Le trop heureux mortel à qui vous vous donnez:
Je connois seulement ceux que vous dédaignez.

MYRTO.

Dans peu tu sauras tout. Excuse-moi, Lutece:
Ce n'est pas que pour toi je manque de tendresse,
Mais...

LUTECE.

Hum! dans mon pays, fille qui garderoit
Son secret si long-tems, à coup sûr en mourroit.

MYRTO (*en se retirant, à Lutece qui la suivoit.*)

Laisse moi, j'ai besoin d'un peu de solitude.

SCENE III.

LUTECE, *seule.*

Je lui trouve l'esprit chargé d'inquiétude;
Peut-être que son cœur est encor plus troublé.
De l'Amant qu'elle avoit le Tuteur a parlé,
Il en a reparlé; sur tout ce qui le touche,
Pas un mot seulement n'est sorti de sa bouche.

En Grèce, comme en Gaule, & par-tout ici-bas,
Parler toujours d'un homme, ou bien n'en parler pas
Lorsqu'il est à propos, veulent dire le même ;
On peut donc, sans erreur, conclure qu'elle l'aime.
Elle va cependant tout de bon aujourd'hui
S'unir avec quelqu'un ... qui, je crois, n'est pas lui. ...
Qui pourroit-ce donc être ?... Oui... Non, plus j'examine
Le fond de ce mystere, & moins je le devine.
Cet écrit, que peut-il contenir, & pourquoi
Faudroit-il que Xantippe y souscrivît ?... Ma foi !
Je m'y perds. Je l'entends. (*Elle va écouter.*) Juste ! elle est dans son centre :
Elle gronde quelqu'un. Miséricorde ! elle entre ;
Sauvons-nous promptement, de peur que son courroux
Dans ses bruyans éclats ne vienne jusqu'à nous.

(*Elle sort d'un côté. Socrate & Xantippe entrent de l'autre.*)

SCENE IV.

SOCRATE, XANTIPPE.

SOCRATE.

MODEREZ, s'il vous plaît, & s'il se peut, ma femme,

Cette agréable humeur où se livre votre ame:
Je voudrois...

XANTIPPE (*en colere.*)

En effet, j'ai tort de m'emporter!

SOCRATE.

Si...

XANTIPPE.

Quelle patience y pourroit résister?

SOCRATE.

Mais...

XANTIPPE.

Avoir pour époux un maudit Philosophe,
D'un flegme impertinent, que jamais rien n'échauffe;
Un franc original, un esprit à rebours,
Un caustique fâcheux, qui me raille toujours;
Un fou, qui, dans l'accès d'un éternel délire,
Aime tout ce qu'on hait, fuit tout ce qu'on desire;
Qui sans cesse, tenant les richesses pour rien,
Vante la pauvreté comme le plus grand bien;
Et qui, d'une laideur sans copie & modele,
N'en est pas pour cela peut-être plus fidele!
De l'esprit le moins prompt, de l'esprit le plus doux,
Voilà de quoi, je pense, exciter le courroux.

SOCRATE.

Comment donc! en portraits vous excellez,
Madame!

Un mari n'est jamais mieux peint que par sa femme.

XANTIPPE.

Cette sérénité m'irrite de nouveau.
Par Minerve !..

(*Elle le prend par l'habit.*)

SOCRATE.

Laissez, de grace, ce manteau :
Epuisez sur moi seul toute votre colere,
Cet innocent habit n'y peut jamais que faire.

XANTIPPE.

Je suffoque !

SOCRATE.

Il est vrai, vous vous incommodez ;
La colere...

XANTIPPE.

C'est vous, aussi, qui m'excedez,
Et qui de mon trépas serez un jour la cause.

SOCRATE.

Là, là, remettez-vous & parlons d'autre chose.
Vous avez assez bien soulagé votre cœur,
Et vous ne devez plus vous sentir de l'humeur.

XANTIPPE.

Traître !

SOCRATE.

C'est de Myrto, notre jeune puple,

Que je veux vous parler. Elle est d'âge nubile,
Je veux la marier.

XANTIPPE.

Il le faut bien, vraiment!

SOCRATE.

Oui, la Loi ne permet aucun retardement.
Le Sénat a donné dans toutes les familles
Des ordres positifs de marier les filles ;
C'est pourquoi dès ce jour...

XANTIPPE.

Eh bien! mariez-la.

SOCRATE.

C'est ce que je ferai.

XANTIPPE.

Qui s'oppose à cela?

SOCRATE.

Elle est d'un caractere excellent, sociable,
Sur-tout par sa douceur elle est très-estimable:
Ses manieres...

XANTIPPE.

Eh bien! tant-mieux pour qui l'aura.

SOCRATE.

Heureuse la maison où l'on la recevra!

XANTIPPE.

Heureuse ou non, pourquoi prôner tant son mérite?

SOCRATE.

C'est qu'elle est votre éleve, & je l'en félicite.

XANTIPPE.

Hum! mais Alcibiade est vraisemblablement
Celui qui peut prétendre à ce bonheur charmant,
Et le seul même...

SOCRATE.

Non, il n'est plus digne d'elle,
C'est un trompeur.

XANTIPPE.

Qu'importe?

SOCRATE.

Un lâche, un infidele.

XANTIPPE.

De ses déréglemens on n'est que trop instruit;
Dans la Ville & par-tout ils font assez de bruit.

SOCRATE.

Il est vrai...

XANTIPPE.

Qui plus est, c'est que toute l'histoire
Ne s'en débite point à votre honneur & gloire,
Mon mari; car on veut que ce soient vos leçons
Qui dirigent ainsi ses mœurs & ses façons.
Mais enfin, comme ils sont, de tout tems l'un à l'autre,
Destinés par leur choix autant que par le nôtre,

Je

Je prétends qu'on ne peut disposer de l'un d'eux,
A moins qu'à la rupture ils n'accédent tous deux.
Alcibiade, au fond, de Myrto qui l'adore,
Tout volage qu'il est, peut être épris encore.

SOCRATE.

Ses transports désormais deviennent superflus;
Myrto s'est déclarée, elle ne l'aime plus:
Même son nouveau choix est fait, pour ainsi-dire;
Et je viens vous prier d'y vouloir bien souscrire.

XANTIPPE.

Qu'entends-je? Quel est-il ce choix? Par quel moyen
Tout cela s'est-il fait sans que j'en sache rien?
Socrate, expliquez-vous: ce procédé m'étonne.
Je veille cependant de près sur sa personne,
Et j'aurois volontiers assuré par serment...

SOCRATE.

Il ne faut pas ainsi jurer légerement,
Comme vous le voyez: mais je vais vous apprendre
Tout ce dont il s'agit, si vous voulez m'entendre.

XANTIPPE.

Parlez.

SOCRATE.

Vous connoissez, Xantippe, cet arrêt
Que de la République a dicté l'intérêt,
Quand, par le triste effet de la peste derniere,

Athènes, dont le Perse obsédoit la frontiere,
Recueilloit les moissons & saccageoit les biens,
Se trouva dans ses murs vuide de Citoyens:
Alors, pour prévenir la chûte malheureuse
Qu'entraînoit de soldats cette disette affreuse,
Le Sénat établit que, sans blesser les Loix,
Chacun pourroit avoir deux femmes à la fois;
Ensorte que l'Etat, vers le cinquieme lustre,
Plus que jamais peuplé, recouvrât tout son lustre.

XANTIPPE, (*d'un ton rude.*)

Eh bien?

SOCRATE.

Ce réglement, ce décret, entre nous,
Tout intérêt à part, comment le trouvez-vous,
Ma femme?

XANTIPPE.

Impertinent, absurde, abominable,
Sot, insolent.

SOCRATE.

Bon, bon! cela n'est pas croyable.
Vous voulez rire?

XANTIPPE.

Non: je ne ris point du tout.

SOCRATE.

Quel conte!

XANTIPPE.

Par Junon! vous me pouſſez à bout.

SOCRATE.

Tant-pis.

XANTIPPE.

Pourquoi?

SOCRATE.

C'eſt...

XANTIPPE.

Quoi?

SOCRATE.

C'eſt...

XANTIPPE.

Eh bien?

SOCRATE.

Mais, ſans doute,
Vous découvrez d'ici...

XANTIPPE.

Je ne vois rien, j'écoute:
Parlez.

SOCRATE.

C'eſt que l'époux, ma très-chere moitié,
Que Myrto veut bien prendre, eſt déjà moitié.

XANTIPPE.

Marié!

SOCRATE.

Marié.

XANTIPPE.

Certe! dans cette affaire
Myrto fait voir un goût bien extraordinaire.

SOCRATE.

Il se peut: cependant rien ne force son choix.

XANTIPPE.

Et lui, qui de l'hymen subit déjà les loix,
Qui l'oblige à former cette nouvelle chaîne?
L'inconstance, sans doute, à ce parti l'entraîne.

SOCRATE.

Point. C'est pour obéir aux ordres du Sénat,
Et tendre pour sa part au soutien de l'Etat.

XANTIPPE.

J'entends: mais, après tout, sa femme y consent-elle?
Car...

SOCRATE.

Elle n'en sait pas encore la nouvelle.

XANTIPPE.

Fort-bien.

SOCRATE.

Dans un moment je vais la lui donner.

XANTIPPE.

Et vous promettez-vous de la déterminer?

SOCRATE.

J'ignore...

XANTIPPE.

Quelle femme est-ce? quel caractere?

SOCRATE.

Eh! mais il est un peu sujet à la colere.

XANTIPPE.

En ce cas, mon mari, prenez bien garde à vous;
Car vous pourriez fort bien réveiller son courroux.
Et lui, quel homme est-il?

SOCRATE.

Mais c'est un homme comme...
Comme quoi vous dirai-je? il est comme un autre homme.

XANTIPPE.

Est-il jeune, beau?

SOCRATE.

Non.

XANTIPPE.

Riche?

SOCRATE

Non plus.

XANTIPPE.

ha, ha!
Le connois-je, au surplus, ce personnage là?

SOCRATE.

Beaucoup.

XANTIPPE.

Connois-je aussi la physionomie
De sa femme?

SOCRATE.

Oui-dà! c'est... votre meilleure amie.
Vous n'avez qu'à vouloir, elle consentira;
Ce que vous résoudrez, elle le résoudra.

XANTIPPE.

Sérieusement?

SOCRATE.

Oui.

XANTIPPE.

Ma foi, ma bonne Dame,
S'il est vrai, j'y consens du meilleur de mon ame.

SOCRATE.

Sincerement?

XANTIPE.

D'honneur.

SOCRATE.

D'honneur?

XANTIPPE.

De bonne foi :
Mais qui sont donc enfin ces gens-là ?

SOCRATE (*froidement.*)

Vous & moi.

XANTIPPE (*en colere.*)

Ah ! fourbe, scélérat, infidèle, perfide,
Trop indigne mari que la débauche guide !
Traître ! c'est donc ainsi que par de vains détours
Tu me fais applaudir à tes lâches amours ?
Mais ne te flatte pas d'en tirer avantage :
La honte de tes feux sera tout leur partage,
Et je saurai fort bien t'empêcher d'abuser
D'un décret, dont tu veux en vain t'autoriser.

SOCRATE (*tranquillement.*)

Quoi ! ne voulez-vous pas qu'au bien de la Patrie
Comme un autre, à son tour, votre époux sacrifie ?

XANTIPPE.

Sacrifie est bon là ! sacrifice, ma foi !
Qui le feroit, de grace, ou de vous, ou de moi ?
Sacrifice ! ce mot redouble ma colere.

SOCRATE.

Je suis vraiment fâché qu'il ait pû vous déplaire.

XANTIPPE.

Certes ! il lui sied fort, avec ce beau minois,

De vouloir posséder deux femmes à la fois,
Lui qui devroit sans cesse adorer la Fortune
Qui, contre tout espoir, lui fit en trouver une!
Et c'est moi, malheureuse, à qui dans son courroux
La Déesse a donné ce monstre pour époux!
Ce monstre de laideur, ce cœur double & volage,
Qui cherche à s'appuyer d'un ridicule usage,
Pour suivre un vain caprice, & sans honte insulter
Une femme d'honneur qu'il devroit respecter!

SOCRATE.

Je vois avec plaisir que votre amour s'oppose,
Xantippe, au mariage auquel je me dispose.
Toutefois, ma Xantippe, assurez-vous très fort
Que ce nœud dans mon cœur ne vous fera nul tort.
Comme il est de ma part purement politique,
Il ne changera rien dans notre domestique;
Et, comme auparavant, tant que vous le voudrez,
Vous gronderez, crierez, chasserez & battrez.

XANTIPPE.

Bannissez, bannissez la frivole espérance
De vaincre mon esprit par la persévérance:
À votre fol hymen renoncez de bon gré,
Certain, que de mes jours je ne le permettrai.
Je veux à l'avenir ne plus être si bonne.
Vous ne vous ririez pas ainsi de ma personne,
Et vous n'auriez jamais osé d'un tel hymen
Concevoir, encor moins m'annoncer le dessein,

Si toujours, comme il faut, en ferme & digne épouse,
De mes droits, de mon bien j'eusse été plus jalouse,
Et n'eusse bonnement souffert, sur votre foi,
Ce qui se passe encor toutes les nuits chez moi.

SOCRATE

Ma femme, encore un coup, ayez l'esprit tranquille...

XANTIPPE.

Vraiment! je me ferois un beau nom par la ville
Si l'on y découvroit que je souffre sans bruit
Qu'une femme avec vous passe ici chaque nuit!

SOCRATE.

Qui vous dit?...

XANTIPPE.

Qui me dit? je l'ai bien apperçue.

SOCRATE.

L'apparence...

XANTIPPE.

Je l'ai, vous dis-je, très-bien vue.

SOCRATE.

Eh!...

XANTIPPE.

Sans doute, mes yeux sont de mauvais témoins!
Et ce que j'ai bien vû, n'est pas vrai néanmoins!
Mais c'est trop l'endurer: si je la vois paroître,
Je prétends dès ce jour savoir qui ce peut être.

SOCRATE, (*du ton le plus sérieux.*)

Par la Divinité qui dans tous les cœurs droits
De l'hospitalité grave les saintes loix,
Xantippe, privez-vous de percer ce mystere;
Les plus fortes raisons nous forcent à le taire.

XANTIPPE.

Je le crois: car des gens qui comptent le savoir,
Disent que la guenon qui vient ici vous voir,
Est, le dirai-je? ô ciel! de cette affreuse terre
Avec qui nous avons une éternelle guerre;
De ce lieu qui nous hait, & qui punit de mort
Le moindre Athénien qui paroît dans son port;
De ce lieu dont les champs par nous remplis d'alarmes,
Sont deux fois tous les ans ravagés par nos armes,
Et dont les habitans dans l'Attique surpris,
Ainsi que nous chez eux, sans pitié sont proscrits;
De Megare, en un mot.

SOCRATE.

Qui peut...

XANTIPPE.

Mais je m'en moque,
Et si...

SOCRATE.

Gardez-vous bien...

XANTIPPE.

De ce nœud qui me choque..
Suffit : de mon courroux redoutez les effets,
Ou bien mettez un frein à vos vœux indiscrets.
Pour moi, distinctement d'abord je vous déclare
Qu'en quelque lieu qu'il soit, du coup qu'on lui prépare
Alcibiade instruit par un mot de ma main,
Ici va par mon ordre être mandé soudain :
Puis portant chez Myrto ma trop juste colere,
Je vais la relancer de la bonne maniere :
De-là, pour achever de purger la maison,
Et pour y ranger tout au joug de la raison,
Je me vais, aujourd'hui supposé qu'elle vienne,
Disposer à servir au mieux la Megarienne.

Fin du premier Acte.

ACTE II.

SCENE PREMIERE.

SOCRATE. EUCLIDE, *ôtant son voile de femme.*

SOCRATE (*avec un peu d'inquiétude.*)

AH ! c'est vous, cher Euclide ! Entrez sans différer :
Nous avons un instant ensemble à conférer.

EUCLIDE.

Hé ! de quoi s'agit-il ?

SOCRATE.

Vous ne pourriez sans doute
Le deviner. Je crains que l'on ne nous écoute.
(*Il va du côté de la porte.*)

EUCLIDE.

Qu'est-ce donc ?

SOCRATE, (*revenu, à demi-bas.*)

Nous pouvons parler : je n'entends rien;
Xantippe... n'a-t-on pas entr'ouvert ?

EUCLIDE.

Non. Eh bien?

SOCRATE.

Elle ſait que Megare eſt...

EUCLIDE.

Ciel!

SOCRATE.

Votre patrie:
Mais ce qui plus que tout allume ſa furie...

EUCLIDE.

Ah! je comprends enfin: c'eſt ce déguiſement
Qui peut-être lui donne à penſer...

SOCRATE.

Juſtement.

EUCLIDE.

Que je ſuis une femme.

SOCRATE.

Oui.

EUCLIDE.

C'eſt une aventure
Unique, & qu'avec peine à la race future
On pourra faire croire.

SOCRATE.

Il eſt vrai. Juſqu'ici

Xantippe à ce sujet n'avoit eu nul souci:
Par les graves raisons du droit sacré d'hospice,
J'avois de son humeur contenu la malice;
Mais un événement qui se passe entre nous
A tout subitement réveillé son courroux.
Si pour une algarade on pouvoit se promettre
D'en être quitte, passe: il faudroit s'y soumettre;
Mais si dans sa fureur, très-fort à redouter,
Au tribunal des Trente elle va nous citer,
Ah Ciel!... En vérité, cher ami, quand je songe
Dans quel péril pour moi votre amitié vous plonge,
J'en rougis, & ne puis assez vous répeter
Que je n'ai rien en moi qui puisse mériter
Un tel attachement, un dévoûment semblable;
Je n'ai, sous nul aspect, rien de recommandable;
Et ne sçus de mes jours qu'*une chose très-bien*,
Et sans soupçon d'erreur, *c'est que je ne sais rien*.

EUCLIDE.

L'Oracle...

SOCRATE.

Epargnez-moi cette plaisanterie,
Euclide, & revenons à vous, je vous en prie.

EUCLIDE.

Eh bien! estimez-vous qu'il faille franchement
A Xantippe avouer qui je suis?

SOCRATE.

Non vraiment

Vous mettre à sa merci! gardons-nous-en; je pense
Que ce seroit commettre une haute imprudence.

EUCLIDE.

Que décidez-vous donc?

SOCRATE.

De ne rien décider.

EUCLIDE.

Comment l'entendez-vous?

SOCRATE.

Pour ne rien hazarder;
Mais de suivre Xantippe à la trace, & ne faire
Que ce que le moment nous rendra nécessaire.
La crise domestique où nous nous rencontrons
Ne peut durer: demain, dès ce soir nous serons
Non dans un calme plein, mais hors de la tempête
Qui peut-être aujourd'hui menace votre tête.
Ce logis trop étroit ne sauroit nous offrir
D'asyle, où l'on ne pût bientôt vous découvrir;
Ainsi nous ne pourrons éviter quelque scène,
Quelque éclat, quelque trait de la jalouse haine
De Xantippe: il faudra tenir bon; ce ressort,
Cet orage, à coup sûr, doit nous conduire au port.
Vous en allez juger.

(*Il tire de sa poche l'écrit de Myrto & le lui présente*)

Tenez.... Mais il me semble

Qu'on entre avec grand bruit là-bas: la maison tremble:
Oh! c'est Alcibiade; à ce bruit éclatant,
D'Athène on reconnoit le Heros important.
(*Il remet l'ecrit dans sa poche.*)
C'est depuis son retour sa premiere visite;
Ainsi vous permettrez, que touchant sa conduite
En différens endroits, ses mœurs, ses sentimens,
Je le salue ici de quelques complimens:
C'est mon usage, un droit dont j'ai la jouissance
Sur ce jeune élégant dès sa plus tendre enfance.
Lorsque nous serons seuls, profitant des instans,
Nous nous entretiendrons d'objets plus importans.
Je ne me trompois pas: voici ce personnage
C'est lui. Je...

SCENE II.

SOCRATE, EUCLIDE, ALCIBIADE.

ALCIBIADE (*à Socrate.*)

REcevez, Seigneur, mon juste hommage.

SOCRATE.

Quoi? c'est vous-même, vous! quelle affaire, Seigneur,

De

De vous voir en ces lieux me procure l'honneur ?
Car, que, sans intérêt, sans causes sérieuses,
Vous veniez perdre ici vos heures précieuses,
C'est ce que la raison me défend de penser.
De toute feinte ainsi veuillez vous dispenser :
Dans ce simple logis, dites, qui vous amene,
Vous, l'amant à la fois & l'idole d'Athène ?

ALCIBIADE.

Vous savez qu'au milieu de mes égaremens
J'ai conservé pour vous les mêmes sentimens,
Seigneur.

SOCRATE.

Je vous en suis tout-à-fait redevable.
Mais vous voilà vêtu d'un goût inimitable !
De toute sa parure un Monarque embelli,
N'offre aux yeux satisfaits rien de plus accompli.
(*Il touche sa veste.*)
Que de mille talens coûte cette tunique !
Vous êtes, sans mentir, un citoyen unique !

ALCIBIADE.

Seigneur...

SOCRATE.

Vous possédez, Seigneur, je le sais bien,
Tant d'agrémens d'ailleurs, que celui-là n'est rien :
Noble, bien fait, plus beau que la naissante Aurore
Ou la divinité qu'à Cythère on adore.

ALCIBIADE.

Continuez, Seigneur: ſans pitié traitez-moi.

SOCRATE.

Que dites-vous, Seigneur? C'eſt de très-bonne foi
Que je fais le détail de vos mérites rares!
N'en point ſentir le prix, n'appartient qu'aux barbares!
Vous en êtes pourvû, d'ailleurs, ſi largement,
Et puis, vous en tirez parti ſi ſagement!
La beauté, par exemple, un citoyen d'Athènes
Peut-il l'employer mieux qu'à conquérir des Reines?
L'opulence eſt l'objet de mille ardens deſirs;
Peu ſavent, comme vous, en goûter les plaiſirs:
Qu'il eſt doux d'être vû dans la place publique
Traîné pompeuſement dans un char magnifique,
Et d'étaler aux yeux des pauvres citoyens
Un cortége ſuperbe & d'immenſes moyens!
Pour l'aimable jeuneſſe, âge charmant, cher âge,
Dont toute la fraîcheur brille en votre viſage,
De tant de faits divers vous chargez ſes inſtans,
Que vous ſerez ſans faute un Neſtor à trente ans.
La patrie à vos ſoins ſera trop redevable!
Chez les peuples ſenſés, d'un zèle infatigable,
Vous allez du bon air puiſer les doctes loix
Pour nous rendre, comme eux, aimables & courtois;
Des habits gracieux, des litieres commodes,
Athènes a de vous reçu les douces modes;

Mille plaiſirs piquans, juſqu'alors ignorés,
Avec vous & les arts en ſes murs ſont entrés;
D'un ragoût composé par une main ſavante,
Par vous on y connoît la douceur raviſſante;
Par vous des doux parfums l'uſage accrédité
Y flate à tout moment l'odorat enchanté;
La danſe, mille jeux, mille talens utiles
Vous y doivent leur rang, leurs ſuccès, leurs aſyles;
Enfin, à votre gré tout en ces lieux a pris
Un coloris nouveau, tout, juſques aux eſprits,
Qui changeant tout-à-coup de tour & de nature,
De la candeur des Cours ont pris une teinture.

ALCIBIADE.

Ce portrait-là n'eſt pas abſolument flateur.
D'Athènes, ſelon vous, je ſuis le corrupteur;
Je ſuis un homme vain, extravagant, un être
Digne de tout mépris, un fat, un petit-maître;
Je ſuis un homme oiſif, mou, lâche, efféminé;
Aux voluptés des ſens un homme abandonné.
Toutefois, l'on m'a vû dans Sparte plus auſtere
Que le Laconien même le plus ſévere.

SOCRATE.

Je le crois; car au fond, le moyen de compter
Sur ce que le public ſe plaît à raconter?

ALCIBIADE.

Comment donc! que dit-il?

SOCRATE.

Eh ! mais...

ALCIBIADE.

Quoi ? que la femme
D'Agis...

SOCRATE.

Précisément : mais...

ALCIBIADE.

Calomnie infame !

SOCRATE.

J'en suis persuadé.

ALCIBIADE.

Les Ephores d'ailleurs...

SOCRATE.

Les Ephores, sans doute.

ALCIBIADE.

On sait que ces Censeurs
Veillent d'un œil jaloux & d'un cœur intrépide
Au maintien de la race & du pur sang d'Alcide.
Ils ne souffriroient pas... Mais ce qui prouve bien
Que ces vagues propos ne sont fondés sur rien,
C'est cette austérité volontaire & suivie
Qu'on m'y vit pratiquer tous les jours de la vie.
On sait que du soldat j'y mangeois le pain bis
Comme si c'eût été le mets le plus exquis.

SOCRATE.

D'accord; & c'eſt en quoi vous êtes admirable :
Sur l'article des mœurs, Protée inimitable !
On ſait auſſi qu'en Thrace...

ALCIBIADE.

Oh ! ce fut là ſur-tout
Que cette auſtérité de mœurs brilla beaucoup.
Tout le jour à cheval, toute la nuit à boire,
C'eſt à cela qu'en Thrace on met toute ſa gloire;
Les Thraces ſont des gens groſſiers & belliqueux;
Vivant avec ces loups, je hurlois avec eux.
Ai-je eu tort ?

SOCRATE.

Non vraiment.

ALCIBIADE.

Tel eſt mon caractere.

SOCRATE.

De même en Ionie, où l'on n'eſt point auſtere;
Des Peuples de ces lieux, fort promptement, dit-on,
Vous prîtes, & les mœurs, & les goûts, & le ton;
Et même, ajoute-t-on, vous apprîtes leur danſe,
Et ſaviez la danſer en parfaite cadence.

ALCIBIADE.

Eh!

SOCRATE.

C'est encore ainsi qu'à la Cour du Grand-Roi,
Quand de notre Envoyé vous y prîtes l'emploi,
Par votre train superbe & par votre dépense,
Vous surpassiez l'excès de la magnificence
Des Satrapes altiers de ce fier Souverain,
Qui chacun ont d'un Prince & la cour & le train.

ALCIBIADE.

C'étoit pour faire honneur à notre République:
Un Ministre ne peut être trop magnifique;
Plus il fait de dépense, & plus il fait honneur
A l'Etat qui l'a pris pour son Ambassadeur.

SOCRATE.

Hum!

ALCIBIADE.

Plaît-il?

SOCRATE.

Rien.

ALCIBIADE.

Si-fait, vous dites quelque chose;

SOCRATE.

C'est moins que rien.

ALCIBIADE.

Encore?

SOCRATE.

Eh ! mais...

ALCIBIADE.

Quoi ?

SOCRATE.

Je ſuppoſe
Que Monſieur l'Envoyé deſirât un cheval,
Un ſinge, un perroquet, ou tel autre animal...

ALCIBIADE.

Je vous entends, Seigneur.

SOCRATE.

Et que ſon Excellence
Voulût au poids de l'or en faire la dépenſe...

ALCIBIADE.

Oui, vous voulez parler de ce chien...

SOCRATE.

Franchement ;
Combien vous coûta-t-il cet épagneul charmant ?
Cent mines ? (*a*)

ALCIBIADE.

En cela, je ne fus pas trop ſage,
D'accord ; & j'euſſe pu faire un meilleur uſage
D'une ſomme...

(*a*) 226 liv. ſterling.

SOCRATE.

C'eſt vous, au moins, qui l'avez dit.

ALCIBIADE.

Je le nierois en vain, cent plumes l'ont écrit.

SOCRATE.

C'eſt que le trait étoit grand, mémorable, unique,
Et qu'il fit grand honneur à notre République.

ALCIBIADE.

Quoi qu'il en ſoit, de grace, oublions tout cela.

SOCRATE.

Volontiers, auſſi-bien ces anecdotes-là
Sont à ce Philoſophe un peu bien étrangeres,
Pourroient bien l'ennuyer & ne le touchent gueres.

EUCLIDE.

Ne vous contraignez point, Seigneur; à vous ouir
Croyez que je reſſens le plus parfait plaiſir.

SOCRATE.

Parlons du vrai motif, ſur-tout, qui dans Athène
Et dans cette maiſon aujourd'hui vous ramene.
Sans doute, vous venez pour accomplir l'Edit
Par qui le mariage à chacun eſt preſcrit?

ALCIBIADE.

Il eſt vrai.

SOCRATE.

C'eſt agir en citoyen fidele;

Et j'approuve beaucoup ce dévouement, ce zele,
Dans un jeune élégant, qui du doux célibat
Pouvoit encor long-tems goûter l'heureux état :
Car vous n'ignorez pas que le Conseil suprême
A mitigé l'Edit & sa rigueur extrême,
Et qu'il a décidé qu'en dotant un sujet
On auroit à l'Edit pleinement satisfait.

ALCIBIADE.

Je sais que je pourrois, heureux Célibataire,
M'affranchir de l'hymen & vivre en volontaire ;
Au lieu d'un citoyen qu'il me faudroit doter,
J'en pourrois doter dix sans trop m'incommoder :
Mais j'ai formé pour vivre un tout autre systême :
Je veux me marier avec Myrto que j'aime ;
Pour qui jai refusé de très-riches partis,
A Sparte, dans Argos, même à Persépolis,
Qui seule me convient pour femme ; à qui peut-être
Moi seul aussi...

SOCRATE, (*ironiquement.*)

Vous seul convenez.

ALCIBIADE.

Mon cher Maître,
Vous savez qu'à Myrto je fus par nos parens
Destiné pour mari dès ses plus jeunes ans.

SOCRATE.

Sans doute aussi, depuis ce propos de famille ;

Vous avez cultivé cette estimable fille ?
Car enfin...

ALCIBIADE.

Là-dessus, sans doute, j'ai des torts.

SOCRATE.

Vous le croyez ?

ALCIBIADE.

Aussi, j'en ai de vifs remords ;
Car au fond, pour Myrto, pour sa vertu sublime,
J'ai toujours conservé la plus parfaite estime.

SOCRATE.

Cela vous fait honneur ; un pareil sentiment
Prouve en vous quelque tact & du discernement.
Myrto n'est pas, au moins, de ces vulgaires filles,
Qui, dans l'intérieur obscur de leurs familles,
Pour savoir bien ou mal, & plutôt mal que bien,
Un peu de chant, de danse, ou de tel autre rien,
Passent à bon marché pour de petits miracles,
Puis sur ce fondement s'érigent en oracles ;
Et quoique leur esprit ne s'occupe au-dedans
Que de tresses, de fleurs, de plumes, de rubans,
Dans le monde jouant toujours les Virtuoses,
Décident hardiment des hommes & des choses.
Mais Myrto, c'est par l'ame & les hautes vertus,
Qu'elle a voulu toujours se distinguer le plus :
Douce, modeste, gaie, affable, prévenante,

Elle ſera ſans doute une épouſe charmante :
Je ne crois pas pourtant que ſa docilité
Jamais la porte à croire à la pluralité ; (*a*)
Soit dit entre nous trois.

ALCIBIADE.

Je connois ſon mérite ;
Comme je vous l'ai dit, & c'eſt ce qui m'excite
A venir aujourd'hui la prier de vouloir,
Pour ſon heureux époux, Seigneur, me recevoir.

SOCRATE.

C'eſt bien fait : mais ſans doute, avant toute autre choſe,
Vous vous êtes rendu certain... (Pardon ſi j'oſe
Le mettre en queſtion.)

ALCIBIADE.

Eh ! quoi donc ?

SOCRATE.

Que ſa main
Eſt libre, & que toujours ſon cœur...

ALCIBIADE.

Eh mais, certain !
On n'a point là-deſſus de ſcience certaine :
Tout ce que je ſais bien, c'eſt que nul dans Athène,

(*a*) On ſait que Socrate enſeignoit l'unité de Dieu, & qu'il mourut victime de ce ſentiment.

A mes prétentions, n'a droit de s'oppoſer.

SOCRATE.

Sur cela vous pourriez, Seigneur, vous abuſer.

ALCIBIADE.

Quoi ! j'aurois un rival ? (*avec fatuité.*) Ah ! ah ! qui
pourroit-ce être ?

SOCRATE.

Ne plaiſantez pas tant.

ALCIBIADE.

De grace, mon cher Maître,
Nommez-moi le rival, que j'aille dans l'inſtant
Rendre à ſon grand mérite un hommage éclatant
Et le féliciter de ſon bonheur ſuprême ;
Car il faut bien auſſi le penſer, Myrto l'aime.

SOCRATE.

Sans doute : elle a pour lui beaucoup d'attachement,
Une amitié ſincere ; il s'en flatte.

ALCIBIADE.

Vraiment,
Il s'en flatte ! je crois aiſément qu'il s'en flatte :
Mais...

SOCRATE.

Achevez.

ALCIBIADE.

Suffit. Encore un coup, Socrate.

Déclinez-moi le nom de ce mortel heureux,
Pour qui Myrto ressent des transports amoureux.

SOCRATE.

Je n'en ai point tant dit.

ALCIBIADE.

Eh bien donc! qui s'amuse
A croire que Myrto...

SOCRATE.

Je vous demande excuse.
Xantippe que voici, Seigneur, vous le dira.

ALCIBIADE.

En attendant, il faut que j'en rie. Ha! ah! ah!
(Il rit.)

SCENE III.

SOCRATE, EUCLIDE, ALCIBIADE, XANTIPPE, LUTECE.

XANTIPPE *(en colere.)*

AH! traîtres! je vous tiens tous deux.
(Après avoir regardé de tous côtés.)
Où donc est-elle?
(A Lutece.)
Ne nous a-t-on pas dit, au coin, que la donzelle,

D'un air mystérieux & d'un pas clandestin. . .

LUTECE.

Rien n'est plus vrai...

XANTIPPE.

Venoit d'entrer par le jardin?

LUTECE.

Par le jardin.

XANTIPPE (*à Socrate.*)

Perfide! où se tient-elle? vîte!
Que j'aille la traiter comme elle le mérite!

SOCRATE.

Xantippe...

EUCLIDE (*à Socrate.*)

Ah ciel! comment?...

SOCRATE (*à Xantippe.*)

Modérez ces transports...

XANTIPPE.

Ouf!

SOCRATE.

Et défiez-vous de tous les vains rapports.

XANTIPPE.

Traître! il vous sied bien!..
(*Appercevant le voile qu'Euclide tient à la main.*)
Mais, quelle est cette paru . .
D'une femme!...

LUTECE (*riant.*)

Ah ! ah ! ah ! certes ! c'eſt la coëffure !

EUCLIDE (*à Socrate.*)

Je ſuis perdu.

XANTIPPE.

Voilà le myſtère éclairci.

ALCIBIADE (*à part.*)

Rien n'eſt plus ſingulier que cette hiſtoire-ci.

XANTIPPE.

C'eſt une femme donc : ce voile le déclare.

LUTECE.

On n'en ſauroit douter.

XANTIPPE.

Non : & cette ſimare

Eſt un déguiſement...

LUTECE.

Oui.

XANTIPPE.

Dont elle ſe ſert.

Pour tenir...

LUTECE.

Juſtement.

XANTIPPE.

Son intrigue à couvert.

LUTECE.

Rien n'eſt plus évident.

XANTIPPE.

Je ne ſais qui m'arrête...

EUCLIDE (*à Socrate.*)

Seigneur...

XANTIPPE.

De lui crever les deux yeux dans la tête.

LUTECE.

Madame, en mon pays, ce ſeroit déjà fait.

XANTIPPE.

Je ſuis trop endurante & trop bonne en effet.

(*Elle s'approche d'Euclide & lui fait quelques geſtes menaçans. Socrate empêche qu'elle ne le touche.*)

Qu'elle eſt laide! quel air! quelle mauvaiſe grace!
Quelle taille!

EUCLIDE.

Xantippe...

XANTIPPE.

Ah! quelle voix hommaſſe!

EUCLIDE. (*A Socrate.*)

Je vais...

(*A Xantippe.*)

Je ne ſuis pas qui vous pouvez penſer:
Je ſuis...

XANTIPPE.

XANTIPPE.

Oh ! vous ſavez très-bien vous annoncer.

EUCLIDE.

Mais...

XANTIPPE.

Du premier coup-d'œil on voit ce que vous êtes.

EUCLIDE.

Je ſuis...

XANTIPPE.

Vous n'êtes pas, certes, des plus honnêtes ;
Car, pour peu qu'on le ſoit, on ne vient point ainſi
D'une femme d'honneur débaucher le mari.

EUCLIDE.

Loin de la vérité votre erreur vous égare.

XANTIPPE.

Je me trompe ! oui !

EUCLIDE.

Je ſuis...

XANTIPPE, (*d'un air qui exprime l'horreur.*)

Vous êtes de Mégare !

EUCLIDE.

Qui ?...

XANTIPPE.

Vous, dévergondée ! Et rien n'eſt plus vilain
Que de ſe traveſtir...

EUCLIDE.

Permettez...

XANTIPPE.

C'eſt en vain:

Vous êtes une...

EUCLIDE.

Si...

XANTIPPE.

Non, mais l'Aréopage

Me vengera...

SOCRATE.

Xantippe...

XANTIPPE.

En plein de cet outrage.

SOCRATE.

Vous ne voudriez pas à ce point là, je crois,
De l'hoſpitalité bleſſer les ſaintes Loix,
Xantippe.

XANTIPPE.

Comme vous, oui, je les tiens pour ſaintes;
Mais vis-à-vis de moi, lorſqu'elles ſont enfreintes,
A leur porter reſpect rien ne peut m'obliger:
Ce n'eſt point faire un crime alors, c'eſt me venger.

SOCRATE.

Quoi que vous en diſiez, vous n'êtes point capable,

Sur un ſimple ſoupçon, d'un crime déteſtable...

XANTIPPE (*en colere.*)

Par Minerve ! un ſoupçon ! Lorſqu'avec vous ici
Je trouve déguiſée une je ne ſais qui !
Ai-je menti ? Parlez : que faut-il que j'attende
De plus ? La certitude eſt, je crois, aſſez grande,

EUCLIDE.

Xantippe...

XANTIPPE.

Non.

EUCLIDE.

Daignez à la fin m'écouter :
Vous n'avez point de moi d'outrage à redouter :
L'amour...

XANTIPPE.

Voyez l'excès de ſon effronterie !
L'amour !

EUCLIDE.

Oui, l'amour ſeul de la philoſophie
Eſt...

XANTIPPE.

A d'autres !

EUCLIDE,

Je puis en atteſter le Ciel !
Ce qui m'attire ici près du ſage mortel,
Que d'avoir pour époux vous avez l'avantage...

XANTIPPE.

Oui, mon bonheur est grand d'être unie à ce Sage,
Qui tenant avec vous commerce *incognito*,
Par-dessus le marché convoite encor Myrto!

ALCIBIADE.

Ah! qu'est-ce que j'apprends?

XANTIPPE.

Ainsi, guerre pour guerre,
Craignez-moi l'un & l'autre à l'égal du tonnerre,
Si vous continuez à m'offenser. Sur-tout,
(*A Socrate.*)
Traître, ne pousse pas ton fol hymen à bout;
Autrement celle-ci
(*Montrant Euclide.*)
M'en répond sur sa tête.
(*A Alcibiade.*)
Et vous, qui vous laissez ravir votre conquête,
A quoi consumez-vous le tems? Que n'allez-vous,
Pour regagner son cœur, tomber à ses genoux?
Faut il donc vous dicter ce que vous devez faire,
A vous qui possédez si bien le don de plaire?
Allez donc. Conduisez-le à son appartement,
Lutece. Moi je vais, à tout événement,
Pour que cette guenon
(*Montrant Euclide.*)
Demeure en ma puissance
Et serve de victime à ma juste vengeance,

En cas que jusqu'au bout ils portent leurs excès,
Je vais de la maison fermer tous les accès.

(Alcibiade & Lutece sortent par une porte, Xantippe par l'autre.)

On n'est pas quitte encor de moi!

SCENE IV.

SOCRATE, EUCLIDE.

(Ils s'entreregardent quelque tems sans rien dire.)

EUCLIDE.

Dans ce mystere
Je n'apperçois encor qu'un rayon de lumiere :
Tout ce qui me paroît de plus clair, c'est qu'ici
Je cause à votre femme un étrange souci,
Et que si l'on persiste à l'aigrir, la tempête
Pourroit, par contre-coup, éclater sur ma tête.

SOCRATE.

Sur le point important de votre sûreté
Le pouvoir de l'amour fait ma sécurité,
Cher Euclide : je vois déjà que notre affaire
Marche au but où je tends.

EUCLIDE.

Moi je crains le contraire:

Je crois voir qu'à Myrto vous voulez vous unir;
Et que Xantippe enfin, n'y veut pas consentir.
(*Il regarde Socrate qui sourit.*)

SOCRATE, (*tirant de sa poche l'écrit.*)

Tenez, c'est bien le moins que vous soyez au fait
De ce dont il s'agit ici, puisqu'en effet
Vous, cet ajustement & l'erreur qu'il y cause,
Vous pouvez vers son but précipiter la chose.

EUCLIDE (*lit.*)

« Votre société me plaît
Infiniment plus qu'aucune autre,
Je la trouve agréable & pleine d'intérêt,
Je veux en conséquence unir mon sort au vôtre.
Comptez sur ce consentement
Tout-à-fait libre & volontaire,
Et faites-lui donner, par le premier Notaire,
Une forme d'engagement
Qui nous lie éternellement.
Dans cette liaison intime,
Nous vivrons fraternellement.
Je serai de nom seulement
L'épouse vraie & légitime
D'un personnage que j'estime,
C'est tout ce qu'il me faut pour mon contentement.
Je vous expliquerai ce point plus amplement.»

MYRTO.

EUCLIDE (*après avoir lu.*)

Sur votre intention, j'en conviens franchement,
Le billet de Myrto change mon jugement.
C'est un arrangement que Myrto voudroit faire
Pour éluder l'édit au lieu d'y satisfaire...

(*Il se retourne, & appercevant Xantippe:*)

Mais Xantippe, je crois...

SCENE V.

SOCRATE, EUCLIDE, XANTIPPE.

XANTIPPE (*entrant brusquement.*)

Vous ne vous trompez pas.

(*Saisissant le papier.*)

Quel est ce chiffon?

EUCLIDE.

C'est...

XANTIPPE.

Lâchez.

EUCLIDE.

Quel embarras!

(*A Socrate.*)

Quoi? livrerai-je ainsi...

XANTIPPE.

Lâchez, ou je déchire.

(*Après avoir lu la signature.*)

C'est de Myrto ! Comment ! Que lui peut-elle écrire ?
Lisons.

(*Elle lit au hasard.*)

« Unir mon sort au vôtre... par le Notaire...
» Qui nous lie éternellement...
Fort bien ! c'est elle... Oh ! c'est sûrement toi,

(*A Socrate.*)

Perfide, de qui vient ce projet affreux ?

SOCRATE.

Moi ?

XANTIPPE.

Oui, monstre, vous.

(*A Euclide.*)

Et vous, animal amphibie,
Tantôt franche guenon & tantôt travestie,
Laide fille à Mégare & vilain homme ici,
Et sans honneur là-bas comme en ce pays-ci.
Vous voilà donc de plus, d'une flamme honteuse,
Ou le plat confident ou bien l'entremetteuse !
On m'outrage ! au secours, Justice, Magistrats !
Dans ma juste fureur, pourquoi n'irois-je pas
Porter contre vous tous ma plainte à leurs oreilles ?

(*Elle sort.*)

SCENE VI.

SOCRATE, EUCLIDE.

EUCLIDE.

Vos affaires vont mal.

SOCRATE.

Elles vont à merveilles.

EUCLIDE.

Le trouble augmente.

SOCRATE.

Oui : mais c'eſt toujours de ſon ſein
Que ſort l'aimable paix brillant d'un front ſerein ;
Ainſi, dans le jardin ſi vous voulez deſcendre,
Nous devons y trouver le Sophiſte Anaxandre,
Qui de polythéiſme oſe donner leçon :
Je veux le ramener enfin à la raiſon,
Et vous donner à tous les preuves les plus claires,
Contre l'opinion de tous nos adverſaires,
Qu'il n'exiſte qu'un Dieu ; qu'en admettre plus d'un
Répugne à la raiſon, répugne au ſens commun,
Et qu'il faut rejetter tous les autres ſyſtêmes,
Ou comme des erreurs, ou comme des blaſphêmes.

Fin du ſecond Acte.

ACTE III.

SCENE PREMIERE.

XANTIPPE, MYRTO, ALCIBIADE, LUTECE,

XANTIPPE.

SOIT, pour cette fois-ci je veux bien renoncer
Au dessein que j'avois d'aller la dénoncer :
Mais à condition que si dans la journée
Vous n'êtes l'un à l'autre unis par l'hymenée,
Dès demain, dès ce soir, sans plus rien ménager,
Des affronts qu'on me fait je saurai me venger.
Songez-y : vous voilà vis-à-vis l'un de l'autre,
Je vous y laisse. Adieu. Son sort dépend du vôtre.

(*Elle sort.*)

SCENE II.

MYRTO, ALCIBIADE, LUTECE.

ALCIBIADE.

Selon mon ſentiment, en cette affaire-ci,
Xantippe n'a qu'un tort, Madame, & le voici,
C'eſt de nous ſuppoſer peu d'accord ; il me ſemble
Que nous ſommes d'accord de tous les tems enſemble.

MYRTO.

Qu'eſt-ce à dire, Seigneur ?

ALCIBIADE.

Eh ! mais, par nos parens
Nous ſommes l'un à l'autre unis depuis long-tems.

MYRTO.

Unis ! c'eſt beaucoup dire.

ALCIBIADE.

Eh bien donc, l'un à l'autre
Deſtinés par l'accord de mon pere & du vôtre.

MYRTO.

L'accord dont vous parlez, Seigneur, ne fut jamais
Qu'un propos vain & vague, & l'un de ces projets
Qui viennent à l'eſprit lorſque dans les familles

On se voit entre égaux des garçons & des filles;
Mais ne peuvent ensuite en nul tems, en nuls lieux
Former pour des enfans un lien sérieux.

ALCIBIADE.

Le pacte qui se fit, Madame, entre nos peres,
A, je l'ai toujours cru, bien d'autres caractères;
De leur rare sagesse il est le digne fruit,
Et je ne pense pas qu'il doive être détruit.
Le respect que l'on doit....

MYRTO.

Mon respect est extrême
Pour le *Juste* Aristide: à l'égard des loix même
De l'Etre qui forma, qui maintient l'Univers,
Je respecte les loix, les préceptes divers,
Que pour bien se conduire au sein de leurs familles,
Cet homme juste & droit prescrivit à ses filles:
Mais puisqu'il fut sur-tout juste, il faut convenir
Qu'il n'entendit jamais ensemble nous unir,
A moins que nous n'eussions les rapports nécessaires;
Mais bien moins, si d'humeurs nous nous trouvions contraires.

ALCIBIADE.

Madame, en vérité, je ne sais pas pourquoi
Vous tenez un discours semblable: aurois-je en moi
Quelque imperfection, quelque vice sensible
Qui mette à notre hymen un obstacle invincible?

MYRTO.

Je ne dis point cela, Seigneur ; c'eſt moi plutôt
Qui dois en ma perſonne avoir quelque défaut
Capable d'inſpirer l'averſion, la haine.

ALCIBIADE.

Que dites-vous ?

MYRTO.

C'eſt preſque une choſe certaine :
Des procédés ſuivis. . . .

ALCIBIADE.

Madame, je conviens
De la meilleure foi du monde, que les miens
N'ont pas toujours été ſages, exemts de blâme,
Ceux d'un parfait Amant ; mais dans le fond de l'ame
J'ai toujours eu pour vous un penchant décidé,
Un goût, ſur vos vertus, ſur vos attraits fondé ;
Sans cela, j'euſſe pu, l'on m'en croira ſans peine,
Soit ici, ſoit ailleurs, former quelque autre chaîne ;
Mais ſatisfait du nœud qui me tient enchaîné. . .

MYRTO.

Ce nœud, s'il eſt réel, vous a fort peu gêné :
Je ne ſais que trop . . . .

ALCIBIADE.

Eh ! Madame, faut-il croire
Tout ce qui ſe débite ?

MYRTO.

Oui, quand il eſt notoire.

ALCIBIADE.

Notoire !.. Ah! j'entends, mais rien n'eſt ſi fabuleux :
Sparte, dont vous parlez ſans doute, eſt un des lieux
Où j'ai le plus vécu fier, auſtere, inſenſible ;
On m'y réputoit presque un mortel impaſſible :
Malgré cela, je vois par vos diſcours, qu'ici
Sur mes mœurs en ce lieu l'on m'a ſi fort noirci,
Comme ſur ma conduite en Perſe, en Ionie,
Qu'il eſt très-grand beſoin que je m'en juſtifie.
Lorſque je me trouvai chez les Ioniens,
Leurs mœurs, leurs goûts, dit-on ; furent bientôt les miens ;
Eh bien ! la politique, aux uſages des autres
Exige que ſouvent nous conformions les nôtres.
En Perſe, quand j'allai par ordre du Sénat
Y traiter d'intérêts qui concernoient l'Etat,
Ma dépenſe y fut grande, il eſt vrai, mon cortége
Nombreux, peut-être même à l'excès les portai-je,
J'en conviens : mais on ſait qu'à la brillante Cour
Du Grand-Roi, dans le lieu pompeux de ſon ſéjour,
L'Envoyé d'un Etat noble tel que le nôtre,
Doit y faire figure autant & plus qu'un autre ;
Qu'un train de vie obſcur, modeſte, y déplairoit,
Et, que ſait-on ? peut-être aux affaires nuiroit :
Quoi qu'il en ſoit, au fond, je n'y fis point de dettes,

Et j'en partis de jour, au bruit de cent trompettes.
Ces différens emplois, ces devoirs différens
M'ont retenu de vous éloigné trop long-tems;
J'en suis moins à blâmer que je n'en fus à plaindre.
(Il s'interrompt de lui-même.)

MYRTO.

Continuez, Seigneur, dites, sans vous contraindre,
Pour vous justifier, tout ce qu'il vous plaira:
Je ne vous répondrai qu'un mot, qui suffira;
J'ai disposé de moi.

ALCIBIADE.

Je ne saurois le croire.

MYRTO.

Par écrit j'ai promis de ...

ALCIBIADE.

Promesse illusoire!

MYRTO.

Elle est très-sérieuse.

ALCIBIADE.

Et Socrate est celui
Que vous avez promis d'épouser aujourd'hui?

MYRTO.

Vous l'avez entendu: cela doit vous suffire.

ALCIBIADE.

Permettez que je doute encor....

MYRTO.

Je me retire.

ALCIBIADE (*l'arrêtant.*)

Demeurez un instant, Madame, & permettez.....

MYRTO.

Je ne vois pas, Seigneur, pourquoi vous insistez.

ALCIBIADE.

Belle Myrto...

MYRTO.

Mon sort est séparé du vôtre,
Et nous sommes, je crois, très-libres l'un & l'autre.

ALCIBIADE.

Eh non ! encore un coup, Myrto ! notre union
~~Est très-réelle, c'est une convention~~
~~De nos parens ; souffrez~~ que leur vœu s'accomplisse,
Et qu'en ce jour heureux un doux nœud nous unisse :
Moins vous exercerez envers moi de rigueur,
Et plus à vous aimer vous forcerez mon cœur.

MYRTO.

A m'aimer ! Vous ! Si... mais, non : il est vraisemblable
Que d'un sincere amour vous n'êtes pas capable :
Quoi qu'il en soit, au fond, il n'est plus tems.

ALCIBIADE.

Eh quoi !..

MYRTO.

n'est point...
Myrto
Alcibiade
de nos parens porte la sanction :
souffrés, belle Myrto, que

MYRTO.

Encore un coup aussi, j'ai disposé de moi.

ALCIBIADE.

Je cesse pour l'instant, par le respect extrême
Que je conserverai toujours pour ce que j'aime,
D'insister là-dessus ; mais permettez aussi,
Sans blesser ce respect, que je vous dise ici
Que Xantippe, à coup sûr, sera peu satisfaite ;
Que vous vous refusiez à ce qu'elle souhaite,
Et que, de se venger ayant l'occasion,
Elle pourroit fort bien suivre sa passion.
Je ne réponds de rien, & vais lui rendre compte
Du refus singulier dont j'éprouve la honte.

(*Il sort.*)

SCENE III.

MYRTO, LUTECE.

LUTECE.

Vous le laissez aller ; & vous ne craignez pas
Que Xantippe en courroux n'aille à l'instant....

MYRTO (*de côté.*)

Hélas !

LUTECE.

Qu'est-ce ?

MYRTO.

Plaît-il ?

LUTECE.

Je crois que votre cœur ſoupire.

MYRTO.

Moi, ſoupirer ! qu'aurois-je ?...

LUTECE.

Oh ! je vais vous le dire !
Car, duſſiez-vous ici vous en mettre en courroux,
Dans votre ame à préſent je vois plus clair que vous.

MYRTO.

Eh bien ! qu'y lirois-tu, voyons ?

LUTECE.

J'y lis, Madame,
Que pour Alcibiade un doux penchant l'enflâme ;
Que, quoique vous l'aimiez, vous lui tenez rigueur,
Parce qu'apparemment vous doutez de ſon cœur :
D'où je conclus que c'eſt cette flâme ſecrette,
Qui dans les profondeurs de votre ame inquiette,
Etant depuis long-tems en fermentation,
A du ſoupir parti cauſé l'exploſion. (1)
Je m'exprime, au ſurplus, comme une voyageuſe
Qui connoît des volcans la marche impétueuſe.

---

(1) E'l petto un Mongibello, Orl. Fur. C. I.

MYRTO.

Je t'ai laiſſé parler en toute liberté.

LUTECE.

C'eſt que je vous ai dit la pure vérité,
N'eſt-ce pas ? entre nous convenez-en, Madame ;
Je ne trahirai point le ſecret de votre ame.
D'un œil très - attentif je vous examinois :
Vous aimez ; avouez-le ou non, je m'y connois ;
Depuis que j'ai quitté l'iſle délicieuſe,
Qu'entoure de ſes eaux la Seine officieuſe,
Dans le cours vagabond de mes deſtins errans
J'ai vû bien des Cités ſous des Cieux differens,
Et l'Illuſtre Carthage & Rome la Nouvelle (1) ;
Dejà plus renommée & plus puiſſante qu'elle ;
Celle qu'entre la Gaule & les bords Afriquains
Dans le ſein de la mer peuplent les *Majorquains* ;
Celles que vos Colons ſur nos côtes fonderent (2) ;
Et d'autres où leurs pas jamais ne pénétrerent ;
Par-tout païs on aime ; ainſi dans tous ces lieux
J'ai pu voir de l'amour le jeu myſtérieux ;
C'eſt de quoi le connoître à ne point m'y méprendre ;
Je le répete donc, vous avez le cœur tendre.

MYRTO.

Je l'aimai, j'en conviens, mais je ne l'aime plus.

(1) Elle avoit environ 200 ans au tems de Socrate.
(2) Agde, Marſeille, &c.

LUTECE.

Vaine distinction! faux-fuyant superflus!

MYRTO.

Eh bien ! pour un moment, je veux que ton idée
Sur cet article-là, soit juste & bien fondée;
Que s'en suit-il ?

LUTECE.

Eh mais! ... que ce n'est pas bien fait,
Puisque vous voulez bien que je vous parle net,
En nul pays du monde, ou le mien ou le vôtre,
Quand on aime quelqu'un, d'en épouser un autre.

MYRTO.

Tout ce que tu dis-là, peut être bon en soi :
Sans avoir voyagé, je le sais comme toi:
Mais ma position des plus particulieres,
Comme tu vas le voir, échappe à tes lumieres.
Sans goût pour l'hymenée, il faut, que malgré moi,
Dans le jour, sans retard, j'en subisse la loi :
Que sais-je ? accoutumée à la vertu sublime
D'un tuteur qui jouit de la publique estime,
Sous l'abri d'un vain nom, saufs tous les droits d'autrui,
Je veux continuer à vivre auprès de lui.

LUTECE.

C'est en vain que l'esprit déguise ainsi l'histoire

Du cœur ; j'en crois toujours ce que je dois en croire.

MYRTO.

Que tu me vexes !

LUTECE.

Non : je ne m'en dédis point.

MYRTO.

Cependant...

LUTECE.

Et je suis entiere sur ce point.
A quoi bon déguiser ?

MYRTO.

A feindre qui m'oblige ?

LUTECE.

Le dépit.

MYRTO.

Le dépit !

LUTECE.

Oui, le dépit, vous dis-je :
Autrement, le chagrin que toute femme sent,
Lorsqu'on ne répond pas à son tendre penchant :
Le dépit, le dépit.

MYRTO.

Sais-tu que tu m'en causes
Lorsque si méchamment ici tu m'en supposes ?

Je te l'ai déjà dit : oui, l'admiration,
Le respect, un amour de vénération,
Une sainte tendresse est le poids qui m'incline
Vers la Société, quand je dirois divine !
Du plus sage mortel qu'ici-bas on ait vu.
Ah ! si de toi Socrate à fond étoit connu,
De ses perfections comme moi-même éprise,
Du parti que je prends tu serois peu surprise.
C'est le plus excellent, le plus parfait mortel
Que jamais ait formé la main de l'Eternel:
Pur, exempt de défauts, c'est un Dieu sur la terre ;
Les plus hautes vertus forment son caractere ;
Sobre, laborieux, modeste, patient,
Chaste, plein de candeur, simple, doux & liant ;
Tel il est, non par saut, par bond, par fantaisie,
Mais par *complexion* (1), tous les jours de sa vie ;
Nul n'est autant que lui joyeux dans les repas,
Obéissant aux loix, brave dans les combats;
C'est le meilleur mari, l'ami le plus fidele
Que l'on puisse aux humains proposer pour modèle ;
Quelle paix dans son cœur ! quelle sérénité !
Et comme il la répand dans sa Société !
Il est sous l'œil de Dieu tranquille & débonnaire
Comme un enfant qui rit sous les yeux de sa mere,

(1) Montagne, Essais.

Ce n'eſt donc point, Lutece, un aveugle dépit,
Mais la pure raiſon ici qui me conduit.

LUTECE.

Socrate, comme à vous, me paroît admirable;
Mais dans mon ſentiment je ſuis inébranlable.
Ce n'eſt point ſon mérite, à bon droit ſi vanté,
Qui fait qu'Alcibiade eſt par vous rebuté.
Développez votre ame avec moi ſans rien craindre:
Si vous ne croyez pas avoir lieu de vous plaindre
De ce jeune Amant, eh!...

MYRTO.

Tu crois donc?..

LUTECE.

Avec moi
Confeſſez donc la choſe enfin de bonne foi:
Malgré les qualités de Socrate, Madame,
Euſſiez-vous projetté jamais d'être ſa femme?

MYRTO (*d'un ton ſérieux.*)

C'eſt vouloir dans mon cœur pénétrer bien avant.

LUTECE.

Pardon! mais....

MYRTO (*plus gaiment.*)

Pourſuis.

LUTECE.

Oh ! . . .

MYRTO.

Je le veux.

LUTECE.

Maintenant

Je vais donc vous donner la preuve nette & claire
Que votre hymen, en soi fort extraordinaire,
Ne tournera jamais comme vous le croyez.

MYRTO.

Comment cela ? sur quoi présumes-tu ? . . .

LUTECE.

Voyez,

Examinez, jugez si la chose est possible.

MYRTO.

Pourquoi non ?

LUTECE (*riant.*)

Parce. . . Mais . . . oh ! le cas est risible.

MYRTO.

Que veux-tu dire ?

LUTECE (*riant.*)

Ha, ha !

MYRTO.

Pourquoi ris-tu ?

LUTECE (*riant.*)

Je ris.

Parce que . . .

MYRTO.

Parle donc.

LUTECE (*riant.*)

C'eſt qu' . . .

MYRTO.

Eh bien ?

LUTECE (*riant.*)

Je ne puis.

MYRTO.

Quel motif ? . .

LUTECE (*riant de tems en tems.*)

Ce n'eſt pas, au moins une penſée
Que, pour me divertir, j'aye à loiſir creuſée,
Madame, puiſqu'ici d'aujourd'hui ſeulement
Il s'agit du projet de votre engagement !
Soudain à mon eſprit ma gaité la préſente ;
Elle vous ſemblera peut-être moins plaiſante.

MYRTO.

Voyons-la, ſi pourtant rien ne peut s'oppoſer,
Lutece, qu'au grand jour on la puiſſe expoſer.

LUTECE.

Oh ! n'appréhendez pas, Madame, que je ſorte
Des bornes du reſpect où mon devoir me porte.

MYRTO.

Sachons donc ? . . .

LUTECE.

M'y voici : vous voulez, dites-vous,
Etre femme de nom ſeulement ; votre époux
N'aura par conſéquent auſſi que ce vain titre.

MYRTO.

Oui, ſans doute : à quoi bon peſer ſur ce chapitre.

LUTECE.

Permettez ! tellement que votre hymen futur
Soit une union chaſte, un engagement pur,
Qui ne permettra point les foibleſſes vulgaires
Auxquelles ſont portés les époux ordinaires.

MYRTO.

C'eſt comme je l'entends.

LUTECE.

En un mot, cet hymen
Sera comme céleſte & n'aura rien d'humain.

MYRTO.

Oui, nous demeurerons tous deux dans les limites
Que juſques à préſent nous nous ſommes preſcrites.

LUTECE.

Rien n'eſt plus beau ; mais ſi, quand vous ſerez tous deux

Indiſſolublement unis de ces beaux nœuds,
A ſon engagement votre époux moins fidele,
Venoit un beau matin, à la ſaiſon nouvelle,
D'un doux embraſſement implorer la faveur,
Quoi! n'éprouveroit-il que mépris & rigueur?

MYRTO.

De la part d'un mortel d'une auſſi rare étoffe
Je n'ai rien de ſemblable à craindre.

LUTECE.

Un Philoſophe
Eſt un homme enfin, & . . . les hommes ſont malins,
Ils ſont tous au plaiſir terriblement enclins:
Je ſens, moi, vous voyant, Madame, ſi jolie. . . .

MYRTO.

Ne vas point me lâcher ici quelquelqu e folie.

LUTECE (*impétueuſement.*)

Que ſi je vous étois pas l'hymen attaché,
Vous n'en ſeriez pas, non, quitte à ſi bon marché.

MYRTO.

Eh bien! la voilà donc cette joyeuſe idée?

LUTECE.

Eh mais . . .

MYRTO.

Sur moins que rien ta malice eſt fondée;
Car, qu'a de ſi riſible un pur embraſſement?

LUTECE.

Oh ! rien du tout. Mais si dans quelque autre moment,
D'un ton insinuant, en adroit Politique,
Il vient vous exposer que votre République
Manque de défenseurs; que l'Arrêt du Sénat porte...
Porte... que sais-je moi ? Que le bien de l'Etat
Veut...

MYRTO.

Chut ! ne poussons pas plus loin cette matiere.

LUTECE.

Volontiers ; aussi-bien elle m'est étrangere,
Et je ne sais comment dire ces choses-là :
Xantippe que voici vous dira mieux cela.

SCENE IV.

XANTIPPE, MYRTO, LUTECE.

XANTIPPE (*en colere.*)

OUF, ouf ! je n'en puis plus, à peine je respire !
Contre moi dans ce jour tout le monde conspire.
Tous vous me molestez, mais je vous brave tous,
Et vous ferai sentir le poids de mon courroux !
Celle-là, par Junon ! a parlé comme un Ange,
Qui dit que qui se fait brebis, le loup la mange !

à Myrto.

Ce n'eſt donc point aſſez, euh ! de vous avoir dit
Avec une douceur propre à charmer l'eſprit,
Que je ne permettrois jamais qu'avec Socrate
Voue formaſſiez l'hymen, qui tous les deux vous flatte ?
Vous perſiſtez toujours dans votre entêtement ;
Et je viens de l'apprendre encore en ce moment.
C'eſt trop me faire outrage, impudens que vous êtes !
Otez ce vain projet de vos mauvaiſes têtes,
Ou, comptez que tous deux, dès la premiere nuit ! ...
Laiſſez-moi faire, allez, je vous ferai beau bruit.
Je ne ſouffrirai pas, certes ! qu'on me mépriſe,
Et je n'adopte pas la loi qui l'autoriſe.
Le Sénat eſt un ſot, une bête, & pas un
D'eux tous n'a jugement, eſprit, ni ſens commun.

MYRTO.

Madame....

XANTIPPE.

Non.

MYRTO.

Mais...

XANTIPPE.

Point.

MYRTO.

Veuillez....

XANTIPPE.

Je veux, Madame,
De mon mari, vous dis-je, être la seule femme.

MYRTO.

Souffrez.....

XANTIPPE.

Encor ?

MYRTO.

Que...

XANTIPPE.

Quoi ? qu'à des faits outrageans
Vous ajoutiez encor des discours offensans ?

MYRTO.

Non ; permettez....

XANTIPPE.

Quoi donc ? que...

MYRTO.

Que je vous expose..

XANTIPPE.

Eh!..

MYRTO.

Comment je conçois, comment j'entends la chose.

XANTIPPE.

Prenez-la, voyez-la tout comme il vous plaira ;

Jamais à l'adopter rien ne me forcera.

LUTECE.

Mais laissez-lui, de grace, éclaircir ce mystere?
Il faut que vous sachiez....

XANTIPPE.

Taisez-vous, étrangere.

MYRTO.

Madame, écoutez-moi.

XANTIPPE.

Non, encore une fois,
Vous ne me vaincrez point là-dessus.

MYRTO.

Je le crois,
Mais daignez m'écouter.

XANTIPPE.

Que pouvez-vous me dire?

MYRTO.

Que...

XANTIPE.

Je ne le veux point, cela doit vous suffire;
Et vous êtes de plus, soit dit sans compliment,
Celle pour qui j'aurois le plus d'éloignement.

MYRTO

Madame, en vérité... Mais...

XANTIPPE.

Oui, la Megarienne
Me déplairoit cent fois moins qu'une Athénienne
Telle que vous.

MYRTO.

Croyez que je n'ai nul dessein
De vous causer, Madame, un instant de chagrin;
Je vous dois trop.

XANTIPPE.

Tarare!

MYTO.

Et ne suis point ingrate:
Je...

XANTIPPE.

Renoncez, vous dis-je, à l'hymen de Socrate.

MYRTO.

Madame, je ne veux que me justifier
D'avoir eu le dessein de vous mortifier.
Mon écrit...

XANTIPPE.

Un écrit n'est rien; fou qui s'y fie!

MYRTO.

Cependant...

XANTIPPE.

Le parti qu'on prend seul justifie.

MYRTO.

MYRTO.

Eh bien ! je...

XANTIPPE.

Prenez donc celui de me laisser
Mon mari...

MYRTO.

Vous devez...

XANTIPPE.

Et de vous en passer.

MYRTO.

Avoir vu...

XANTIPPE.

Je ne veux avec vous nul partage.

MYRTO.

Que mon plan...

XANTIPPE.

Vous avez sur moi trop d'avantage.

MYRTO.

Madame...

XANTIPPE.

Non.

MYRTO.

Jamais, ni Socrate, ni moi...

XANTIPPE.

A vos conditions, non, je n'ai nulle foi.

MYRTO.

D'ailleurs, votre mari n'eſt pas...

XANTIPPE.

N'eſt pas le vôtre.

MYRTO.

Capable...

XANTIPPE.

Il ne vaut pas, dans le fond, mieux qu'un autre,
Ma chere : en certain cas, le plus homme de bien,
Vous l'ignorez encor, ſachez-le, ne vaut rien.
Enfin, à l'inſtant même, & pour toute réponſe,
Je veux que par ſerment votre bouche prononce
Que vous abandonnez le biſarre deſſein
De vous unir à lui par les nœuds de l'hymen.

MYRTO.

Madame, vous ſerez pleinement ſatisfaite.
Malgré l'Edit, je n'ai jamais, je le répete,
Entendu contracter une telle union,
Sans avoir obtenu votre approbation :
Socrate...

XANTIPPE.

Enragera ; c'eſt ce que je deſire.
Il s'étoit bien promis, & m'a même oſé dire...
Mais voilà tout fini, n'eſt-ce pas ? Et jamais
Il ne s'agira plus.....

MYRTO.

Oh ! je vous le promets.

XANTIPPE.

Vous me comblez de joie, & je vous en rends grace.
Qu'en signe d'amitié, Myrto, je vous embrasse !
(*Elle l'embrasse.*)
Au moins, c'est tout de bon ?

MYRTO.

Vous n'en pouvez douter.

XANTIPPE.

Plus d'hymen, plus d'Edit ; & je puis y compter ?

MYRTO.

Certainement !

XANTIPPE.

En vous j'ai toute confiance.
Mais afin que j'en aye une entiere assurance,
Et que de mon mari l'injurieux amour
Soit confondu, noyé, sans espoir de retour,
Il faut encor, Myrto...

MYRTO.

Plaît-il ?

XANTIPPE.

Qu'à l'instant même
Vous receviez la main d'un homme qui vous aime,
Vous desire, j'en suis certaine ; vous convient,

Et même à qui la vôtre, à bon droit, appartient;
D'Alcibiade enfin.

MYRTO.

Ah ! c'est une autre affaire,
Madame.

XANTIPPE.

A mes desirs, quoi ! seriez-vous contraire,
Myrto ?

MYRTO.

Non, je ne puis consentir à cela,
Madame, je suis libre.

XANTIPPE (*en colere.*)

Ah ! je reconnois là
Votre mauvaise foi ! Par Junon ! par Cibele !
Traîtres ! tout mon courroux soudain se renouvelle !

LUTECE (*à Myrto.*)

Que ne lui cédiez-vous ?

MYRTO.

Comment !

XANTIPPE.

A qui mieux mieux... ?

MYRTO (*à Lutece.*)

Dois-je ?

LUTECE.

Sans doute.

MYRTO.

Non.

XANTIPPE.

Vous me jouez tous deux :
Mais je vais m'en venger sur-le-champ, je vous jure.
Malheur au premier qui. . .Mais quoi ? la créature
De Mégare est ici ! Sans pitié, de ce pas,
Je vais la dénoncer moi-même aux Magistrats.
Après quoi je vais voir, en ma trop juste rage,
Si je pourrai vous rendre outrage pour outrage.
(*Elle sort.*)

SCENE V.

MYRTO, LUTECE.

LUTECE.

De votre entêtement je ne puis revenir.

MYRTO.

J'ai fait ce que j'ai dû.

LUTECE.

Qu'allez-vous devenir ?

MYRTO.

Ne t'inquiete pas.

LUTECE.

Veuillez pourtant m'apprendre,
Madame, quel parti vous espérez de prendre.
Voilà votre projet entiérement détruit.
Ainsi je ne vois plus... Entendez-vous le bruit?
Il est plus violent, ma foi, qu'à l'ordinaire.
Je ne vois, dis-je, plus ce que vous pouvez faire.

SCENE VI.

SOCRATE, MYRTO, LUTECE.

SOCRATE (*à Myrto.*)

PRÊTEZ-moi, s'il vous plaît...

LUTECE.

Ah! vous voilà vraiment
Bien arrangé!

SOCRATE.

La clef de votre appartement,
Jusqu'à ce que la nuit...

LUTECE.

Ah!

MYRTO.

La voici.

SOCRATE.

Plus ſombre,
Au ſalut d'un ami vienne prêter ſon ombre :
Xantippe...

LUTECE (*examinant ſon habit.*)

Elle vous a, certes, bien habillé !
Qu'eſt-ce donc que ceci ? vous êtes tout mouillé !

SOCRATE.

Ce n'eſt rien.

LUTECE.

C'eſt de l'eau : vous inondez la terre.

SOCRATE.

Il falloit bien qu'il plût après ce grand tonnerre.
~~Cela ſe ſéchera.~~

il Sort

MYRTO.

Quelle ſérénité !

LUTECE (*en ſe bouchant le nez.*)

Ce n'eſt pas tout : l'odeur... On en eſt infecté :
Nous aurions tous beſoin de l'eau qu'Alcibiade
Rapporta l'an dernier de ſa belle Ambaſſade.

SOCRATE.

Je me ſauve.

LUTECE.

Tant-mieux !

(*Il ſort.*)

SCENE VII.

MYRTO, LUTECE.

LUTECE.

VOILA pourtant le fruit
Que de votre refus la rigueur a produit!
Et que fait-on encore à quoi va se résoudre
Xantippe, en son courroux, plus brusque que la foudre?
Madame, prévenez, s'il se peut, le malheur
Qu'occasionneroit son aveugle fureur.

MYRTO.

Je sais qu'en son courroux Xantippe est très à craindre,
Mais aussi de quel droit veut elle me contraindre
A prendre pour époux Alcibiade,
~~J'ai de la répugnance à l'avoir pour mari?~~

~~LUTECE.~~

~~Quoi! vous ne voulez donc encore pas comprendre~~
Que c'est le seul parti que vous ayez à prendre?

MYRTO.

Non, car j'en sais un autre, auquel je me résous.

LUTECE.

Qui de Xantippe aussi calmera le courroux?

MYRTO.

Je l'espere. Sortons.

LUTECE.

Vous suivrai-je ?

MYRTO.

Oui, ma fille,
J'ai besoin de ton nom, du nom de ta famille.

LUTECE.

Qu'est-ce qu'ont de commun votre état & mon nom?
Quel parti prenez-vous, qui...

MYRTO.

Tu le sauras.

LUTECE.

Bon!
Si c'est votre bonheur, hâtons-nous, le tems presse:
Qui le desire, ô ciel! plus que votre Lutece?

Fin du troisieme Acte.

ACTE IV.

SCENE PREMIERE.

MYRTO, LUTECE.

LUTECE.

Ce Monsieur le Notaire a le ton doucereux ;
Mais je le crois, Madame, un homme dangereux ;
Vous aviez une idée, il en avoit une autre ;
Il revenoit toujours à son sens, non au vôtre.
Je gage que son acte, à force d'être bien
Dans son style ambigu, pour vous ne vaudra rien !

MYRTO.

Je ne crains nullement les détours de cet homme,
Lutece ; il ne s'agit ici que d'une somme
A moi, qu'il a chez lui, dont j'ai l'intention
Toute simple de faire une donation
Comme il est clairement porté dans ma notice ;
Il ne peut là-dessus exercer sa malice.

LUTECE.

Je le souhaite ainsi : mais changeons de propos.
Vous êtes plus gaie.

MYRTO.

Oui ! j'ai l'esprit en repos :
Je suis même contente autant qu'on le peut être.

LUTECE.

Au brillant de vos yeux cela se fait connoître.
Vous permettez donc. . . .

MYRTO.

Oh ! tout ce que tu voudras.
Je n'ai plus de souci.

LUTECE (*à part.*)

Je ne la comprends pas.
Que diantre a-t-elle fait qui l'ait ainsi changée ?
Cette donation l'a donc bien soulagée ?

MYRTO.

Sur ton Alcibiade. . .

LUTECE.

Oh ! ce n'est pas le mien.

MYRTO.

Tu désires, sans doute, amener l'entretien ?

LUTECE.

Tout juste.

MYRTO.

Eh bien! voyons : je suis prête à t'entendre.

LUTECE.

C'est lui que pour mari, dis-je, vous devez prendre?

MYRTO.

Je n'en prends plus aucun ; & quitte envers l'Etat,
Je ne redoute plus les rigueurs du Sénat.

LUTECE.

Eh ! qu'avez-vous donc fait?...

MYRTO.

Je dote une personne ;
Par ce moyen l'Edit....

LUTECE.

L'action est très-bonne
Et bien digne de vous, Madame.

MYRTO.

Moyennant
Ce parti que j'ai pris, Lutece, maintenant
Sur celui qu'aujourd'hui j'ai refusé de prendre
Je puis très-librement tout dire & tout entendre.
Tu dis qu'Alcibiade est celui dont l'hymen
Me conviendroit le mieux. Il est vrai que ma main
Lui fut par mes parens promise en mon enfance,
Même, à ce que des gens m'ont dit, dès ma naissance.

Les siens, de pere en fils, avoient beaucoup de bien;
Les miens, de pere en fils tous justes, n'avoient rien.
Les premiers qui n'avoient besoin que d'une fille
Digne par ses ayeux d'entrer dans leur famille,
Crurent la voir en moi sans doute; quant aux miens,
Ils voyoient dans ce pacte un parti, de grands biens.
Alcibiade, au gré de sa fortune immense,
Fut porté de bonne-heure au luxe, à la dépense;
Moi, qui naquis très-pauvre & n'avois rien vaillant,
J'appris à soutenir mes jours en travaillant.
Ma famille en cela parut prudente & sage:
Car qu'est-ce qu'un projet de futur mariage?
Il est tant d'accidens qui peuvent le casser,
Qu'il est très-bon d'apprendre à pouvoir s'en passer.
Alcibiade donc s'élance dans le monde;
Il s'y pousse aux emplois d'une ardeur sans seconde:
Je n'examine point s'il y fit bien ou mal,
S'il fut à la Patrie utile ou bien fatal:
Je me renferme ici dans ce qui le concerne;
Je parle de ses mœurs, du cœur, de l'homme interne.
Il part, je ne sais plus contre quel ennemi;
Son adieu fut celui d'un fat, d'un étourdi.
Il étoit jeune alors, je l'excuse, & pris même
A lui pendant la guerre un intérêt extrême.
Il revient; mais pendant l'espace de six mois

A peine, je le vois, le croira-t-on ? six fois!
La dissipation, la table, la musique,
Furent & jour & nuit son passe-tems unique;
Dans son extravagance il brise les Hermès,
Pauvres Dieux de figuier & qui n'en pouvoient mais;
Insulte un Citoyen d'un soufflet à la joue!
Eh! que ne fit-il pas? Tous ces traits, je l'avoue,
Dont sans cesse chacun me faisoit des rapports,
Me déchiroient le cœur, me donnoient mille morts.
Il me visitoit peu pendant cette démence:
Pis il faisoit, & plus il craignoit ma présence!
Je ne lui reprochai cependant jamais rien;
Rarement le reproche a produit quelque bien.
Soit caprice, ou devoir, d'autres courses suivirent;
A des vices nouveaux d'autres routes s'ouvrirent;
Le Royaume d'Agis, la Trinacrie, Argos,
L'Isle des Eubéens, Persépolis, Colchos,
Furent, sans oublier Corinthe, ni Mycènes,
Tour à tour un champ vaste à ses galantes scènes:
On eût dit qu'il prenoit plaisir à m'outrager,
Moi, qu'au moins par honneur il eût dû ménager!
Tant il étoit ici de cercles, de ruelles
Qui recevoient de lui ces sortes de nouvelles!
En effet, élevée à le voir sur le pié
D'un homme à qui mon sort devoit être lié,
Je ne pouvois qu'entendre avec beaucoup de peine
Ces bruits impertinens dont la ville étoit pleine:
Tandis qu'on en rioit, que même on l'approuvoit,

Dans ma chambre mon cœur de dépit en crévoit.
Enfin, depuis dix jours, après deux ans d'absence,
Le voici de retour, sans que de sa présence,
Lutece, il ait daigné m'honorer qu'aujourd'hui :
Encore a-t-il fallu qu'on ait été chez lui,
Et que Xantippe enfin, travaillant pour son compte
Pour l'attirer ici l'ait forcé par la honte !
Une telle conduite est très-certainement
Odieuse, barbare, outrageante. Eh ! comment
Pourroit-on me blâmer de ce que je refuse
Un tel homme ? ses torts sont, je crois, sans excuse.
S'il m'outrage à ce point avant de m'être uni,
Que ne feroit-il pas s'il étoit mon mari ?

LUTECE.

Madame, jusqu'au bout je vous ai laissé dire,
Quoique le dieu de bois m'ait pensé faire rire :
J'espere qu'à mon tour, Madame permettra
Que je lui parle.

MYRTO.

Dis tout ce qu'il te plaira.

LUTECE.

Eh bien ! si vous croyez m'avoir persuadée
Que votre répugnance est juste & bien fondée,
Vous êtes dans l'erreur : ~~tous ces graves sujets~~
~~De plainte ne sont rien~~ ; vous enflez les objets ;
~~Moi, je vais les réduire~~ ; & vous plaidant ma cause,
Prouver que tout cela n'est rien, ou peu de chose.

pour moi, de [illegible] juge dans ce procès,
je vais, les réduisant et

Un jeune homme à seize ans part pour servir l'Etat;
Ses armes, son brevet, son habit de Soldat
L'enivrent : c'est autant de pris sur la tendresse
Qu'attend en vain de lui sa dolente Maitresse :
L'âge le veut ainsi, le métier. De retour
Ici, très rarement, il vous faisoit la cour;
Eh bien ! c'est qu'il tâchoit d'acquérir de la gloire
Pour vous mériter mieux; du moins il faut le croire.
Quant aux dieux mutilés, au bourgeois souffleté,
C'étoit une lubie, une vivacité
De jeune homme. Passons à ses galanteries,
Qui vous blessent bien plus que ses autres folies,
Convenez-en, Madame ! ah ! dans cet Univers,
Vous le verrez bientôt, c'est le commun travers.
Si vous saviez combien toutes, tant que nous sommes,
Nous devons là-dessus en pardonner aux hommes !
Ce n'est pas que j'approuve un pareil procédé
Sur leur folle inconstance uniquement fondé :
Mais puisque nous traitons ici cette matiere,
Madame, il faut y mettre une franchise entiere.
Apprenez donc qu'il faut qu'un homme éprouve au fond,
Qu'il n'est point de bonheur dans l'amour vagabond;
Que ces femmes sans mœurs, toujours hors des limites
Que pour notre intérêt l'honneur nous a prescrites,
Loin de le rendre heureux, ne laissent à celui
Qui s'adonne à les voir qu'amertume & qu'ennui;

Alors

Alors à la vertu, que dis-je? au plaisir même
Pour peu qu'il soit sensible, il change de systême,
Et des femmes d'honneur connoissant mieux le prix,
En prend une & se montre un des meilleurs maris.
Tel sera surement le bel Alcibiade.

MYRTO.

Peut-être bien qu'un jour .... (*Elle s'arrête.*)

LUTECE.

Tout me le persuade.

MYRTO.

Mais moi .... (*Elle s'arrête.*)

LUTECE.

Pour terminer, Madame, mon discours;
De retour, dites-vous, ici depuis dix jours,
Vous n'en avez encor reçu nulle visite :
Je ne puis approuver une telle conduite
Qui d'un parfait amant blesse un peu le devoir :
Mais, en réfléchissant, il est aisé de voir
Qu'étant tout récemment arrivé d'Ambassade,
Il étoit occupé, peut-être aussi malade.

MYRTO.

Quoi qu'il en soit, Lutece, il faut cependant bien,
Ayant pris mon parti, qu'il prenne aussi le sien.

LUTECE.

Mais enfin ....

MYRTO.

Tout est dit.

LUTECE.

Mais si...?

MYRTO.

Chez le Notaire
Tout à l'heure à l'Edit je viens de satisfaire;
Personne n'a plus rien à me dire.

LUTECE.

Il se peut:
Mais ce n'est pas assez pour Xantippe, elle veut...

MYRTO.

J'ai satisfait aux Loix; ainsi.... (*Elle n'acheve pas.*)

LUTECE,

J'en suis bien sûre,
Puisque dans le contrat moi-même je figure:
Mais à la Mégarienne enfin, dans sa fureur....

(*On frappe.*)

Qui frappe? Entrez.

SCENE II.

MYRTO, LUTECE, UN OFFICIER des Archontes.

L'OFFICIER (*un papier à la main.*)

PARDON!

MYRTO.

Que voulez-vous, Monsieur?

L'OFFICIER.

Je demande Socrate au sujet d'une plainte....

MYRTO (*à part.*)

Juste ciel! de frayeur je me sens l'ame atteinte.

LUTECE.

D'une plainte?

L'OFFICIER.

Oui, que vient de rendre contre lui
Xantippe; & ce papier ordonne qu'aujourd'hui,
Ou demain au plus tard, il aille chez l'Archonte
Du fait dont il s'agit rendre un fidele compte.

MYRTO.

Cela suffit, Monsieur.

L'Officier remet la sommation à Lutece, & sort.

SCENE III.

MYRTO, LUTECE.

LUTECE.

EH bien ! vous l'entendez :
Socrate, & l'inconnu ſans doute, ſont mandez ;
De Xantippe appaiſant la fureur vengereſſe,
Veuillez donc les tirer du danger qui les preſſe,
Madame....

MYRTO.

C'eſt auſſi ce qui réſultera
De l'acte de tantôt & de ce qui ſuivra.

LUTECE.

Je le crois ; mais l'Archonte ayant reçu la plainte,
Peut bruſquer ſa Sentence ; & j'ai beaucoup de crainte,
A vous dire le vrai, que votre intention
Ne reçoive trop tard ſon exécution.

SCENE IV.

MYRTO, LUTECE, LE NOTAIRE.

LE NOTAIRE (*d'un ton doucereux.*)

JE ſuis, vous le voyez, Madame, un honnête
homme :
J'aurois pu vous traîner deux ou trois jours ; mais
comme
Il m'a paru que vous deſiriez vivement
Que cette affaire-là s'arrangeât promptement,
A force de travail, j'ai ſi bien fait en ſorte
Que votre acte eſt parfait, & que je vous l'apporte.
Vos intérêts y ſont bien vus, bien expoſés,
Stipulés doctement ; tenez, voyez, liſez.

(*Il lui remet le papier.*)

MYRTO (*après avoir jetté les yeux ſur le papier que le Notaire lui a préſenté.*)

Monſieur le Rédacteur, je ne puis rien entendre
A vos calculs ; daignez me les faire comprendre,
Ou montrez-m'en, de grace, au moins le réſultat.

LE NOTAIRE.

Il ſe trouve en ſa place au pied de cet état ;
C'eſt la donation. . .

MYRTO.

Oui.

LE NOTAIRE.

Que vous voulez dire ?
Tournez, encor, encor. La voici, daignez lire :
Pardevant....

MYRTO (*lisant.*)

Pardevant le Notaire Public.

LE NOTAIRE.

Passez encor plus bas : bon là ! voici le *hic*.

MYRTO (*lisant.*)

A donné...

LE NOTAIRE.

Bon !

MYRTO (*lisant.*)

La somme....

LE NOTAIRE.

Oui.

MYRTO (*lisant.*)

D'un talent attique,
Deux Drachmes,....

(*Au Notaire.*)

Qu'est ceci ?

LE NOTAIRE.

De soi-même il s'explique.

Rien n'est plus clair.

MYRTO.

Comment?

LE NOTAIRE.

Je dis que vous donnez

Un talent.

MYRTO.

Un talent!

LE NOTAIRE.

Oui.

MYRTO.

Vous vous méprenez.

LE NOTAIRE.

Point.

MYRTO.

Ce que j'ai chez vous, j'ai voulu, mons Trilême,

Le donner tout entier.

LE NOTAIRE.

Oui, je l'entends de même.

MYRTO.

Comment?

LE NOTAIRE.

Ce que j'ai fait est justement cela.

MYRTO.

Quoi ?

LE NOTAIRE.

Vous n'avez chez moi que cette somme-là.

MYRTO.

Plaît-il ? c'est quelque erreur qui sûrement est cause...

LE NOTAIRE (*d'un ton à vouloir imposer.*)

Jamais, Madame, en nous l'erreur ne se suppose :
Nous vérifions trop nos opérations.

MYRTO.

La faute seroit donc dans vos intentions :
Car enfin vous savez & conviendrez sans doute...

LE NOTAIRE (*du même ton.*)

Madame, j'ai toujours suivi la droite route,
Et jouis, grace au ciel, d'un assez bon renom :
Mon office, mes mœurs . . .

MYRTO.

Je ne dis pas que non ;
Mais enfin vous savez . . .

LE NOTAIRE.

Oui.

MYRTO.

Monsieur le Notaire,
que vous êtes,..

le notaire

d'accord: je suis dépositaire ...

Myrto

en especes

~~Que vous êtes depuis long-tems dépositaire~~
En eſpeces à moi de quatre bons talens
Qui me furent légués par un de mes parens
Qui ſavoit mon beſoin.

LE NOTAIRE.

Je ſuis trop honnête homme
Auſſi pour dénier d'avoir reçu la ſomme.
Oui, vous avez chez moi depuis un certain tems,
Madame, dépoſé trois.... non, quatre talens:
Mais, avant toute choſe, il vous a fallu faire
Pour ce legs tous les frais qu'il étoit néceſſaire:
Je les ai faits pour vous, qui n'aviez pas de quoi;
Je les retiens ici par mes mains: c'eſt la loi.
En ſecond lieu, depuis certain nombre d'années
Je garde exactement en ma caiſſe enfermées
Ces eſpeces: ſachez qu'étant garde-papiers,
Je ne ſuis pas, Madame, auſſi garde-deniers:
C'eſt aſſez de garder les miens; mais pour les vôtres,
Je ne les garde pas pour rien, ni ceux des autres:
Sans un profit honnête on ne peut ſe charger
De ce pénible ſoin: j'ai couru le danger
Qu'on me coupât le col pour avoir votre ſomme.

LUTECE.

On n'auroit pas coupé le col d'un honnête homme.

LE NOTAIRE.

Je porte donc au compte à peu près ce qu'il faut
Pour avoir eu chez moi votre argent en dépôt.

Enfin, pour le donner, la coutume autorise
De certains frais causés par la forme requise ;
Ainsi ces frais divers comptés & rabattus,
Il me restoit à vous de net, sans rien de plus ;
Telle somme comptant en espèces, laquelle,
Comme vous le voyez, est précisément celle
Qui se trouve employée en la donation.

MYRTO (*à part.*)

Les choses sont bien loin de mon intention !

(*Au Notaire.*)

Comment !...

LE NOTAIRE.

Ce résultat n'a pas de quoi vous plaire ;
Madame, je le vois : mais je ne puis qu'y faire.

(*Il va pour sortir.*)

(*Revenu.*)

La plainte vous sied bien, Madame, assurément,
A vous, qui ne pouviez que très-facilement
Confier cet argent à tel de mes Confreres
Qui l'eût été répandre aux terres étrangeres !

(*Il sort.*)

SCENE V.

MYRTO, LUTECE.

MYRTO (*rêveuse pendant quelques instans.*)

LUTECE.

JE conçois le chagrin que cet homme vous fait
Lorsque de vos bontés il empêche l'effet.

MYRTO.

Oui, cet article-là, sur-tout, m'est très-sensible;
Aussi je vais du pas voir s'il n'est pas possible
D'apporter du remède à ce nouveau malheur.
S'il n'en étoit aucun, j'en mourrois de douleur.

(*Elle va pour sortir, & Lutece pour la suivre.*)

Ne me suis pas; je n'ai nul besoin de personne.

(*Elle sort.*)

LUTECE.

Faut-il en cet état que je vous abandonne!

SCENE VI.

LUTECE (*seule.*)

SA situation m'arrache l'ame: aussi
Contre son propre cœur pourquoi bouder ainsi?

SCENE VII.

LUTECE, ALCIBIADE (*un papier à la main.*)

ALCIBIADE, (*entre avec vivacité.*)

IL faut, Madame, il faut qu'enfin.... C'est toi, Lutece !

LUTECE.

A vous servir, Seigneur.

ALCIBIADE.

Où donc est ta Maîtresse ?

LUTECE.

Elle sort à l'instant ? comment avez vous fait
Tous deux pour ne vous pas rencontrer ?

ALCIBIADE.

C'est l'effet
De mon mauvais destin.

LUTECE.

Vous veniez, ce me semble,
Touchant vos intérêts vous expliquer ensemble ?

ALCIBIADE.

C'étoit bien mon dessein.

LUTECE.

Vous faites sagement ;
Il ne vous reste pas à perdre un seul moment,
Myrto n'en perd point, elle.

ALCIBIADE.

Ah ! pourtant je me flatte
Qu'il n'est plus question qu'elle épouse Socrate.

LUTECE (*avec un geste qui désapprouve la présomption d'Alcibiade.*)

Hum !

ALCIBIADE.

Sais-tu qu'à Myrto j'immole mille Belles,
Qui toutes me juroient des ardeurs éternelles ?

LUTECE.

En Perse apparemment, Seigneur ?

ALCIBIADE.

Par tout pays.
A Colchos, dans Argos comme à Persépolis.

LUTECE.

En celle-ci sur-tout. Vraiment, à votre mine,
A cet air conquérant, aisément on devine
Que toutes à la fois voulurent vous aimer.
Vous aviez des talens propres à les charmer.

ALCIBIADE (*d'un ton de fatuité.*)

Eh mais...

LUTECE.

De cette Ville on conte tant de fables,
On en fait des récits si fort invraisemblables,
Que vous m'obligeriez, Seigneur, infiniment
De vouloir m'en parler sans nul déguisement.

ALCIBIADE.

Je pourrai quelque jour t'en régaler, Lutece;
Mais pour ce moment-ci, je ne puis : le tems presse.
Myrto pourroit ~~fort bien être~~ rentrée, ~~il faut~~ . . .
~~Qu'avec elle~~. . .

LUTECE.

Seigneur...

ALCIBIADE.

~~Je m'explique ou plutôt~~.

LUTECE.

D'une bonne heure, au moins, selon ma conjecture,
Vous ne pourrez la voir.

ALCIBIADE.

Crois-tu ?

LUTECE.

J'en suis bien sûre.
Contez-moi donc, Seigneur, quelques traits seulement
Des femmes de Perse.

ALCIBIADE.

Hem ! c'eſt Myrto ſûrement
Qui rentre ; j'entends... Oui.

LUTECE.

Cela n'eſt pas poſſible.
(*Elle va écouter.*)

(*Revenue.*)
On ne va ni ne vient ici : tout eſt paiſible.
A Perſépolis donc ? ...

ALCIBIADE.

ne croiras jamais
~~Que ce fût au pays les mœurs publiques~~ : mais
~~Je dis ſans rien conclure, & d'une humeur naïve,~~
~~Ce qui m'eſt arrivé, ce qui ſouvent arrive~~
~~Aux autres, grands Seigneurs, Bourgeois, ou gens de rien,~~
~~Etrangers ou Perſans, jeunes ou vieux.~~

LUTECE.

~~Eh bien?~~

ALCIBIADE.

J'arrive à cette Cour : d'abord on y ſuppoſe
Qu'en mon plan le plaiſir entre pour quelque choſe,
Qu'à mon âge on le cherche, on n'en refuſe point,
Que mon penchant m'y porte, on établit ce point,
Et ſur-tout à celui du commerce des femmes...
(*Il s'interrompt.*)

LUTECE.

Pourſuivez.

ALCIBIADE.

Aussi-tôt d'officieuses ames,
Pour m'épargner l'ennui des langueurs, des soupirs,
M'offrent, à prix d'argent, de faciles plaisirs...
Par un plus long détail de sottises pareilles,
Je ne veux point, Lutece, offenser tes oreilles.

LUTECE.

Tout ce commerce-là, que vous dites réel,
Et que sur votre foi je prends aussi pour tel,
Est bas, infâme : mais ces femmes vicieuses,
Je ne saurois penser qu'elles [illegible] fort nombreuses.

ALCIBIADE.

Nombreuses ? Il en pleut, il en pleut, il en pleut,
Et pour de la monnoie on en a tant qu'on veut.

LUTECE.

Oh ! plus vous en direz, [illegible] croyable ;
Je crois que sur [illegible]
A cette Perse

ALCIBIADE.

Tu [illegible]...

LUTECE.

Ah ! fi, fi, fi !
Dans nos Gaules, Seigneur, on ne vit point ainsi.
Les femmes...

ALCIBIADE.

Je le crois : vous êtes dans l'enfance

Là-bas

Là-bas; par conséquent dans l'âge d'innocence.
Mais votre tour viendra : dans ce bon Univers,
Chaque Peuple a sa vie & ses âges divers.
Sous un climat si doux la Gaule est située,
Qu'au luxe elle sera bientôt habituée ;
Et la corruption est un de ses effets.

LUTECE.

Oh ! cet effet chez nous n'arrivera jamais.

ALCIBIADE.

Votre mobilité, puis le cours ordinaire
Des choses d'ici-bas, annoncent le contraire.
Suivant tous les détails qui m'en sont parvenus,
La Gaule, des pays jusqu'à présent connus,
Est le meilleur à vivre & le plus agréable:
Le sol en est riant, l'air doux, mais variable;
Les Peuples en sont donc gais, vifs & bonnes gens;
Mais impatiens, vains, prompts, curieux, changeans.
Quand vous aurez coupé vos bois impénétrables,
Quand vous aurez rendu vos chemins praticables,
Et qu'il ne faudra plus, pour faire mille pas,
Tester comme on feroit aux portes du trépas;
Lorsque les Eduens & leurs voisins condignes,
Les Rémois autour d'eux auront planté des vignes,
A la vie agréable alors vous prendrez goût,
Et vous surpasserez Grecs & Perses en tout.
Ton pays, ce beau lieu, que de son onde saine

Arrose dans son cours & caresse la Seine,
Déjà charmant en soi, tel qu'il est, peut un jour
Devenir un Olympe, un céleste séjour,
Sur-tout si l'on bâtit sur l'une & l'autre rive.

LUTECE.

Oh! nous sommes bien loin que tout cela n'arrive!

ALCIBIADE.

Plus près que tu ne crois. Désunis & légers,
Vous subirez dans peu le joug des Etrangers.
Rome & la Germanie ont déjà pris les armes
Pour s'entre-disputer ce séjour plein de charmes:
Un tiers l'emportera, vous recevrez ses Loix:
Vous voilà donc déjà sous l'Empire des Rois.
Changés ainsi d'état & soumis à des Princes,
Au lieu qu'auparavant vos Villes, vos Provinces
Se brouilloient, se battoient, ou par légereté,
Ou par goût naturel pour toute nouveauté;
Par suite de ce goût, votre inconstant génie
Tournera par hasard sur quelqu'autre manie:
Propres à tous les Arts, vous les cultiverez,
Par fougue, à la fureur; vous y réussirez:
Mais votre goût léger, mais votre humeur mobile,
Même dans ces succès, ne sera pas tranquile;
Vous imaginerez d'autres bons, d'autres beaux;
Nuls bons ne seront bons chez vous que les nouveaux;

Votre pays sera l'Empire de la mode ;
Vous lui sacrifierez l'utile, le commode ;
Vous changerez, vous dis-je, afin d'être autrement ;
Et non pour être mieux ni plus commodément.
De-là naissent sans fin des besoins chimériques,
Plus pressans mille fois que les besoins physiques ;
Des plus clairs revenus on y satisfera ;
A faire comme un autre on se ruinera ;
Alors, s'il reste encor quelque caprice, on donne
Tout ce qui reste aussi, le cœur & la personne ;
On donneroit son ame, & c'est ce que je dis.
Lutece, avec le tems, vaudra Persépolis :
Mais...

LUTECE.

Voilà donc, Seigneur, notre bonne aventure,
Et ce que deviendra notre race future ?
Permettez cependant...

ALCIBIADE.

Paix !

LUTECE.

Quoi ?

ALCIBIADE.

Pour cette fois
Je ne me trompe pas : Myrto... J'entends sa voix.

LUTECE.

Cela ne peut pas être.

ALCIBIADE (*cherche autour de lui.*)

Où donc est-il, Lutece ?

LUTECE.

Quoi donc ?

ALCIBIADE.

Eh ! ce billet, cette importante piece,
Que tout-à-l'heure encor je tenois à la main.

LUTECE.

Peut-être l'avez-vous mise dans votre sein ?

ALCIBIADE.

Ah ! le voici. Perfide !

LUTECE.

Est-ce à moi que s'adresse
Cette galanterie, ou bien à ma Maîtresse ?

ALCIBIADE.

Au mépris d'un accord signé par nos parens...

LUTECE.

Ah !

ALCIBIADE.

Vouloir contracter d'autres engagemens !

LUTECE.

Elle a tort.

ALCIBIADE. (*Il va pour sortir.*)

Oh ! je vais...

LUTECE (*l'arrêtant.*)

Où courez-vous?

ALCIBIADE.

Chez elle,
Lui faire à ce sujet une vive querelle,
Et savoir d'elle à quoi ce jeu doit aboutir.

LUTECE.

Myrto doit, en rentrant, en ce lieu revenir;
Ainsi de la gronder, si vous avez envie,
Vous n'en pourrez qu'ici passer la fantaisie.
Mais c'est donc cet écrit qui vous met en fureur?
Car vous n'y reposez les yeux qu'avec horreur.
Chacun ici l'a vu, de main en main il passe,
Moi seule, qui... Seigneur, montrez-le-moi de grace.

ALCIBIADE.

Tiens, vois si j'ai sujet de me plaindre; tiens, voi
Comment je suis traité de ta Maîtresse. Quoi!

(*Lutece lit le billet & rit.*)

Tu ris?

LUTECE.

Oui.

ALCIBIADE.

Qu'a-t-il donc qui doive faire rire?

LUTECE.

Tout.

ALCIBIADE.

Tu ne ressens pas le courroux qu'il m'inspire?

LUTECE.

Non : à l'examiner de sang-froid, sans humeur,
J'y vois un doux effet au profit du porteur.

ALCIBIADE.

Comment ! Que dis-tu là ?

LUTECE.

Ma petite pensée.

ALCIBIADE.

Sais-tu que tu n'es pas, Lutece, fort sensée?

LUTECE.

Je n'en rabattrai rien.

ALCIBIADE.

Quoi ! ce bisarre écrit
N'a pas été dressé pour Socrate ?

LUTECE.

Suffit.

ALCIBIADE.

Et malgré cela, toi, jeune & belle Lutece,
Toi dont l'esprit d'ailleurs montre de la justesse. . .

LUTECE.

Supposons tout cela.

ALCIBIADE.

Tu peux me ſoutenir
Qu'un ſemblable billet pourroit me convenir;
Qu'étant entre mes mains je puis en faire uſage,
Et me l'appropriant, en tirer avantage?
Mais des expreſſions, qui s'entendent très-bien,
Tu feins donc d'ignorer le ſens?

LUTECE.

Je ne dis rien.

ALCIBIADE.

Celle-ci: *Nous vivrons comme avec ſon cher frere*
Vit une chaſte ſœur. Ah! Lutece: ah! ma chere,
Un billet au porteur dans ce ſtyle, ma foi!
Ne peut, je te le jure, être accepté par moi.

LUTECE.

Vous m'impatientez! Comme entre ſœur & frere,
Cela veut dire unis d'une amitié ſincere;
Voyez le gros malheur!

ALCIBIADE.

Et cette autre: *De nom*
Seulement je ſerai... Non, par tous les Dieux! non,
De Myrto que j'adore, oh! non, je te le jure,
Il ne me convient pas d'être époux en peinture.

LUTECE.

Je ne me mêle point de ces myſteres-là.
Mais cette clauſe-ci. Prêtez: oui, c'eſt cela...

De ce consentement, & libre & volontaire,
Faites expédier l'acte par un Notaire;
Voilà de cet écrit, Seigneur, l'expression
La plus digne, à mon sens, de votre attention;
Tout le reste n'est rien.

ALCIBIADE.

Comment? que veux-tu dire?

LUTECE (*avec impatience.*)

Rien.

ALCIBIADE.

Mais encore?

LUTECE.

Rien, c'est que je voulois rire.

ALCIBIADE.

Parle donc, si tu veux: tu dis...

LUTECE.

Je ne dis rien.
Est-il possible, ô ciel!...

ALCIBIADE.

Quoi?

LUTECE.

Qu'un Athénien,
Un enfant délié de la subtile Grèce,
Le berceau de l'esprit, sur-tout de la finesse,
Ait besoin des leçons d'un être obscur, sans poids,

Sorti du toît grossier d'un barbare Gaulois ?

ALCIBIADE.

J'entends... Quoi ! j'oserois... Certes !... Mais ta Maîtresse
Ne rentre point.

LUTECE.

Seigneur...

ALCIBIADE.

Cependant le tems presse.

LUTECE.

Eh bien ! m'en croirez-vous ?

ALCIBIADE.

Parle.

LUTECE.

Elle n'est pas loin ;
Elle doit être...

ALCIBIADE.

Ou donc ?

LUTECE

Chez le Scribe du coin.
Courez-y promptement.

ALCIBIADE.

J'y vole.

LUTECE.

Là, ſans doute,
Où vous la trouverez...

ALCIBIADE.

Je...

LUTECE.

Permettez...

ALCIBIADE.

J'écoute.

LUTECE.

Où vous ſerez inſtruit...

ALCIBIADE.

Oui.

LUTECE.

De ſon embarras.

ALCIBIADE.

Ah ! que ſi je pouvois l'en tirer ! ... Mais hélas ! ...

LUTECE.

Allez, quand vous ſerez inſtruit de ſon affaire,
C'eſt à vous de ſavoir ce que vous devez faire.
Mais l'occaſion s'offre ; aux champs : vous deſirez ;
Agiſſez, méritez, forcez ; vous obtiendrez.

Fin du quatrieme Acte.

ACTE V.

SCENE PREMIERE.

SOCRATE, MYRTO.

MYRTO.

J'AI chez deux Orateurs consulté mon affaire;
J'ai tort d'être volée ; & même le Notaire
A fait ce qu'il a dû : voilà leur jugement.
Ce contre-tems, Seigneur, m'afflige infiniment.

SOCRATE.

Je le crois.

MYRTO.

Mais, sur tout, en ce qu'il est contraire
A la donation que je desirois faire,
De laquelle mon sort dépendoit pour jamais.

SOCRATE.

Sur votre sort, Myrto, tranquille désormais,
Remettez-en le soin au Sénat : sa prudence

Sert à vous garantir des maux de l'indigence,
Par un décret public engagé : c'est à vous...

SCENE II.

SOCRATE, MYRTO, LUTECE *un papier à la main.*

LUTECE (*tombant avec transport aux genoux de Myrto.*)

Quoi ! c'est en ma faveur... Souffrez qu'à vos genoux...

MYRTO (*la relevant.*)

Leve toi : que viens-tu me dire ?

LUTECE (*levée.*)

En voici l'acte.

MYRTO.

Quel acte ?

LUTECE.

Il me l'a dit, & la chose est exacte.

MYRTO.

Quel acte, encore un coup ?

LUTECE.

De la donation

Que...

MYRTO.

Véritablement j'en eus l'intention...

LUTECE.

Elle est exécutée, & rien n'est plus sensible.

MYRTO.

Tu le sais comme moi, cela n'est plus possible.

LUTECE.

Peut-être qu'un remords...

MYRTO.

Il n'y faut pas compter.

LUTECE.

Enfin de ce qu'on voit on ne peut pas douter.
Tenez, voyez, lisez.
(*Elle lui donne le papier.*)

MYRTO (*avant de lire.*)

Pour une telle affaire...

LUTECE.

Madame...

MYRTO.

Ma présence eût été nécessaire.

LUTECE (*pendant que Myrto lit.*)

Apparemment que non.

MYRTO (*après avoir lu.*)

Je n'y connois plus rien.

Socrate, voyez donc.

SOCRATE (*après avoir lû.*)

Tout me paroît très-bien:
L'acte est en bonne forme.

MYRTO.

En ce cas-là, Lutece
Que j'affranchis & dote...

LUTECE.

Ah! ma chere Maîtresse,
Puis-je accepter le don?...

MYRTO.

Je le veux.

LUTECE.

Je ne puis.

MYRTO.

Tout est consommé!

LUTECE.

Non.

MYRTO.

Je vais...

LUTECE.

Non: je vous suis.

MYRTO.

La liberté pour toi n'a-t-elle point de charmes?

Non, Madame, à ce prix.

SOCRATE.

Je sens couler mes larmes.

LUTECE.

Quoi! dans un doux loisir, par-tout où je vivrai,
J'aurois le nécessaire à jamais assuré;
Tandis qu'avec ses doigts, au sein de la détresse,
Ma chere bienfaitrice, autrefois ma Maîtresse,
Ne se procureroit qu'à peine un peu de pain,
Et sans être jamais sûre du lendemain!...

MYRTO.

Je le veux. Je t'en prie.

LUTECE.

Est-il juste?

MYRTO.

Oui, ma fille,
Oui.

LUTECE.

Que le rejetton d'une illustre famille
Se réduise au produit du travail de ses mains?
Madame...

MYRTO.

Vas, malheur à ces lâches humains,
Pour lesquels le travail, Lutece, est une peine!
Pour moi, quand je serois la plus illustre Reine,
Il me faudroit, non pas des métiers superflus,

Pour avoir en outils quelques bijoux de plus ;
Mais un travail ſuivi, journalier, vrai, louable,
Quel qu'il fût. Le travail eſt un bien délectable ;
Il donne du reſſort à l'ame, il la nourrit,
D'un plaiſir vif & pur il pénetre l'eſprit,
Et donne en même tems au corps qui le ſeconde
Une ferme ſanté, l'un des grands biens du monde;
Sans lui notre vertu court les plus grands haſards ;
De notre fantaiſie il contient les écarts ;
Délicieuſement il remplit la journée ;
Il repouſſe l'ennui ; les filles de Minée
Surent avec leurs doigts, au travail aſſidus,
Convertir en beaux jours des jours vains & perdus ;
Enfin par le tribut d'un exercice utile,
S'honore ici Pallas, Patrone de la Ville.
Ayant, par ce moyen, ſatisfait à l'Edit...

SOCRATE.

Oui.

MYRTO.

Je vous ſupplierai de me rendre l'écrit...

SCENE

SCENE III.

LES ACTEURS PRÉCÉDENS, un OFFICIER de l'Aréopage.

L'OFFICIER.

De la part du Sénat.

SOCRATE.

Que voulez-vous ?

L'OFFICIER.

L'entrée.

MYRTO (*à part.*)

Juste ciel ! de frayeur mon ame est pénétrée !

L'OFFICIER.

De la cave au grenier que tout me soit ouvert.

LUTECE (*à Myrto.*)

C'est Xantippe, à coup sûr...

SOCRATE (*à part.*)

Euclide est découvert !

L'OFFICIER.

Un ennemi public...

MYRTO (*à Socrate.*)

Seigneur....

L'OFFICIER.

Mâle ou femelle...

MYRTO.

Pourriez-vous ?...

L'OFFICIER.

A, dit-on, l'audace criminelle
De passer fréquemment la nuit dans la maison:
Le rapport qu'on a fait est-il sincere, ou non ?

MYRTO.

Nous sommes tous perdus !

L'OFFICIER.

L'animal amphibie
Auroit-il en ce jour eu cette audace impie ?

MYRTO (*à Socrate.*)

Eh ! comment ferez-vous ?...

L'OFFICIER.

De sa présence...

LUTECE.

Ah ! Dieux!

L'OFFICIER.

Souilleroit-il encore en ce moment ces lieux ?
Ce coupable voisin, cet ennemi barbare,
Ce monstre qu'a produit l'exécrable Mégare ;
Il faut qu'entre mes mains sur l'heure il soit remis.
La mort ! point de quartier pour de tels ennemis.

MYRTO (*à Socrate.*)

En vérité, je suis au désespoir...

L'OFFICIER (*à Lutece, après l'avoir parcourue de la tête aux pieds avec curiosité.*)

La Belle,
Ne seroit-ce pas vous qui sous cette dentelle,
Par hasard, cacheriez ?... Dans le vrai, qu'êtes-vous ?
Je ne vous connois pas : votre minois...

(*Il la touche.*)

LUTECE.

Tout doux !

L'OFFICIER.

Il me semble...

LUTECE (*à Myrto.*)

Je crois voir dans ses yeux, Madame...

L'OFFICIER.

A votre air...

LUTECE.

Qu'il n'est pas aussi méchant dans l'ame
Qu'il est terrible aux yeux.

L'OFFICIER.

Qu'avec grand appétit...

(*Il lui touche la main.*)

LUTECE (*se débarrassant.*)

De grace, laissez-moi. Vous...

(*A Myrto.*)

Que vous ai-je dit ?

L'OFFICIER.

Qu'on me la livre, allons.

MYRTO.

Monsieur, c'est une Esclave
Qui m'appartient ; ainsi...

L'OFFICIER.

Si-non, depuis la cave ;
Par Jupin ! jusqu'au toit je fouillerai par-tout,
Et vous visiterai de l'un à l'autre bout.

SOCRATE.

Cherchez, Monsieur, cherchez.

L'OFFICIER (*après avoir fait un tour du sallon & regardé par-tout.*)

Bon ! dans ce petit bouge...

SOCRATE.

Dans ce coin ?

L'OFFICIER.

Oui.

(*On ouvre une petite porte ; & après avoir regardé :*)

Fort bien ! Sous cette toile rouge.

SOCRATE.

Ce n'est point une toile.

L'OFFICIER.

Eh ! quoi donc ?

SOCRATE.

C'est le mur ;
Peint par Xeuxis.

L'OFFICIER.

Plaît-il ? Vous raillez, à coup sûr :
Ce n'est point un rideau ?

SOCRATE.

C'en est un en peinture.

L'OFFICIER (*à Lutece.*)

Ma mie, ouvrez toujours.

LUTECE.

Il est peint, je vous jure :
Tâtez.

L'OFFICIER (*après avoir tâté, fait un cri de surprise.*)

Ha ! tout le monde y seroit, ma foi ! pris.
Voyons présentement le reste du logis.

SOCRATE.

Faites votre devoir.

L'OFFICIER.

C'est ce que je demande.

SOCRATE.

Vous aurez bientôt fait, ma maison n'est pas grande.
Lutece, conduisez Monsieur.

L'OFFICIER (*d'un ton flatteur.*)

Venez, mon Cœur.
Je ne vous tuerai point : venez.

LUTECE.

Je n'ai pas peur.

(*Ils entrent ensemble.*)

SCENE IV.

SOCRATE, MYRTO.

MYRTO.

JE frémis du danger & du sort qui menace
Votre ami : mais, Seigneur, mettez-vous à ma place ?
On veut par ce ressort gêner ma liberté ;
Je résiste ; on agit : je suis en vérité
De tout ce malheur-là cause bien innocente.
Il faut en convenir, Xantippe est . . . , violente.
Cependant mon écrit, Seigneur ; présentement
Il convient. . . .

SOCRATE.

Vous avez raison ; mais franchement.

SCENE V.

SOCRATE, MYRTO, XANTIPPE.

XANTIPPE (*à l'Officier qui est dans la maison.*)

LE pavillon en est ; voyez-y ; la drôlesse
Peut s'y tenir cachée.
(*A Lutece qui paroît à la porte.*)
Ouvrez-le-lui, Lutece.

(*Arrivée près de Socrate & de Myrto.*)
Car je suis furieuse: (*elle s'arrête en regardant Myrto avec des yeux de colere.*)
On dit....

MYRTO.

Qu'est-ce qu'on dit
Qui puisse à ce point-là vous agiter l'esprit,
Madame ? calmez-vous.

XANTIPPE.

On dit que chez Trileme,
Mystérieusement, sans se nommer soi-même,
Un jeune homme...

MYRTO.

Achevez.

SOCRATE.

Eh bien?

XANTIPPE (*à Myrto.*)

Sous votre nom
Viens de faire à Lutece un don.

SOCRATE.

Un don!

XANTIPPE (*à Myrto.*)

Un don.

SOCRATE.

Eh quoi! c'est ce don-là qui vous met en colere?

XANTIPPE (*du ton le plus furieux.*)

Oui.

(*d'un ton plus modéré.*)

Qui n'apperçoit pas le fond de ce mystere!
Il est clair qu'à Myrto c'est rendre le moyen
De suivre son projet & d'éluder l'hymen
~~D'Alcibiade, pour, après cela, peut-être...~~
réglé par ses parens, pour ensuite peut-être...

(*Avec plus de colere.*)

Oh! c'est surement toi, c'est toi, perfide, traître!
~~Qui... mais je ne veux pas que la donation~~
Myrto, ~~Subsiste~~ n'accepte point cette donation.

MYRTO.

Madame, Je n'ai pas non plus l'intention,
~~Madame~~, de souffrir...

XANTIPPE.

avant tout, Il faut savoir, Madame,
Quel est l'impertinent...

SOCRATE.

Rien n'est mieux dit, ma femme.

XANTIPPE.

Qui sourdement vous fait cet insolent cadeau?

SOCRATE.

C'est-là le point.

XANTIPPE (*avec colere.*)

Sans doute.

SOCRATE.

Et le fond du tableau.
Pour moi, dans ce don-là je...

XANTIPPE.

Quoi?

SOCRATE (*à Myrto.*)

Dans ce mystere
Je crois appercevoir, Madame, un caractere
De noblesse, d'amour, de générosité,
Qui pénétre mon cœur de sensibilité;
Et je ne serois point du tout surpris d'apprendre
Que ce don, qui paroît à vous-même vous rendre,
Est le noble défi d'un Amant, de celui
Qui désire le plus que vous soyez à lui.

Femme, qui m'aimeroit avec tant de noblesse
Obtiendroit aisément ma main & ma tendresse.

XANTIPPE.

Il faut pourtant savoir....

SCENE VI.

LES ACTEURS PRÉCÉDENS, L'OFFICIER DE L'ARÉOPAGE, LUTECE.

L'OFFICIER.

Du haut jusques en bas
J'ai visité, sondé chambres & galetas,
Sans rien trouver. Où donc est cette créature?
Quel lieu me la ravit, quel coin? Par la Nature,
Par tous les Dieux d'en-haut & tous les demi-Dieux,
Je vais tout renverser, tout briser dans ces lieux
Si dans le moment même on ne me fait paroître
Ce perfide ennemi que Mégare a vu naître!
Quiconque la recele est un traître à mes yeux!

LUTECE (*à Socrate.*)

Contre vos Mégariens cet homme est furieux.

L'OFFICIER.

Oh! si l'on m'en croyoit, on n'auroit pas la peine

De leur faire ſans ceſſe une guerre inhumaine ;
Au contraire avec eux on feroit une paix
Qui de la bonne foi porteroit tous les traits ;
On auroit avec eux l'air franc, le ton honnête ;
Ils viendroient en ces lieux, on leur y feroit fête ;
Puis on les traiteroit ainſi que les Romains
Dans le ſiecle dernier traiterent les Sabins.

(*Il ſort.*)

SCENE VII.

LES ACTEURS PRÉCÉDENS.

XANTIPPE.

IL a raiſon.

MYRTO.

Je ſuis au déſeſpoir.

SOCRATE.

Ma femme,
Myrto déſireroit que ſon écrit....

SCENE VIII.

LES ACTEURS PRÉCÉDENS, LE NOTAIRE.

LE NOTAIRE (*à Myrto.*)

MAdame,
Je reviens en ces lieux au ſujet d'un billet
Par vous ſouſcrit ſans doute en votre cabinet:
Où, du ton enchanteur d'une amitié touchante,
Qu'accompagne celui d'une pudeur charmante;
Et d'un conſentement libre, ou qui paroît tel,
Vous offrez votre main au très-heureux mortel
Que vous avez nanti de ladite écriture.

MYRTO (*à Socrate.*)

C'eſt mon écrit. (*au Notaire.*)
Comment & par quelle aventure,
Monſieur, entre vos mains ſe trouve ce billet?

LE NOTAIRE.

Suffit. Déclarez-moi, Madame, s'il vous plaît,
(*Il le lui montre*).
Sil eſt de vous ou non.

MYRTO.

Il eſt de moi, ſans doute:
Rendez-le-moi.

LE NOTAIRE.

Non pas.

(*Il lui fait la révérence pour s'en aller.*)

MYRTO.

Ecoutez.

LE NOTAIRE.

Je n'écoute
Rien de plus : votre aveu valide mon contrat,
Et je vais le porter au Greffe du Sénat.

(*Il sort.*)

SCENE IX.

LES ACTEURS PRÉCÉDENS.

XANTIPPE.

AU Greffe du Sénat! vous l'entendez, Madame:
Ainsi, selon mes vœux, vous allez être femme,
Sans pouvoir l'éluder, c'est ce que je prétens:
(*A Socrate d'un air menaçant.*)
Le reste aboutira, j'espere, dans son tems.

SCENE X.

LES ACTEURS PRÉCÉDENS, EUCLIDE *accompagné d'un Officier de l'Aréopage.*

XANTIPPE.

Que vois-je ? oser encor paroître en ma présence,
Au suprême degré c'est porter l'impudence !

EUCLIDE (*à Myrto.*)

Madame, le Sénat...

XANTIPPE (*va audevant de lui pour le frapper.*)

Mégarienne !

L'OFFICIER.

Tout doux :
Livrez-vous un peu moins à ce bouillant courroux.

XANTIPPE (*avec gestes de frapper.*)

Comment une !..

L'OFFICIER.

Cet homme est sous ma sauve-garde
Et le soin de sa vie à présent me regarde.

XANTIPPE (*mêmes gestes.*)

Un homme, lui ? C'est une...

L'OFFICIER (*la retenant.*)

Encore !

XANTIPPE (*mêmes gestes.*)

Permettez.

Que sur son laid visage un bon coup...

L'OFFICIER.

Arrêtez :

On ne se moque point ainsi de nous, Madame.
Vous venez au Sénat dénoncer une femme ;
On me dépêche ici, moi, pour la dépister ;
De ma commission je viens pour m'acquitter ;
Je furete par-tout avec zele, avec joie
Ainsi que dans l'espoir de mon droit sur la proie ;
Et tout le résultat de cette affaire-ci
C'est que cette femme est Euclide que voici.

EUCLIDE, (*à Xantippe.*)

Oui, Madame, il est vrai, Mégare m'a vû naître,
Mais je ne suis ici lâche espion, ni traître.
De la Philosophie & de ses plaisirs purs
Nous autres partisans pour la plupart obscurs,
Nous formons entre nous comme une République
Qui fait profession, pour toute politique,
De ne point se mêler des intérêts divers
Ni des divisions qui troublent l'Univers ;
Aussi dans tout Etat policé, juste & sage
Nos corrélations ne portent nul ombrage.
Aussi-tôt que j'ai su que j'étois dénoncé,
A paroître au Sénat je me suis empressé ;
Pour un des Auditeurs de Socrate mon Maître

Aisément de chacun je me suis fait connoître :
Tous, d'un commun accord, ont décidé, qu'ici
On ne traiteroit point Euclide d'ennemi ;
Même que je pouvois, comme en un sûr asyle,
Y vivre, s'il me plaît, libre, heureux & tranquille.

L'OFFICIER.

A Xantippe, à vous tous, attester ce décret,
De ma commission étoit l'unique objet.

(*Il va pour sortir, & rentré dit à Xantippe.*)

Pour des quêtes sans fruit par des fables pareilles
Ne venez plus, de grace, étourdir nos oreilles.

(*Il sort.*)

SCENE XI.

LES ACTEURS PRÉCÉDENS.

EUCLIDE (*à Myrto.*)

LE Sénat, vous disois-je, a disposé de vous,
Et vient de vous choisir, Madame, pour époux.

XANTIPPE.

Alcibiade ? Bon ! me voilà satisfaite ;

(*A Socrate.*)

Tu ne l'auras donc pas ! & ma joie est complette.

EUCLIDE.

EUCLIDE.

Plus que tout, à ce choix prudent & raisonné,
Par l'avis de Socrate il s'est déterminé.

SOCRATE (*à Myrto.*)

Je vois dans cet hymen toutes les convenances.

XANTIPPE.

Quoi! monstre, ton Edit avec ses conséquences
N'auroient été qu'un jeu! joué probablement
Pour me faire enrager?

SOCRATE.

Non pas directement;
Mais...

XANTIPPE.

Je m'en souviendrai.

EUCLIDE (*à Myrto.*)

Mais pour ne point, Madame,
Gêner vos sentimens, violenter votre ame,
Pour base de vos nœuds l'Aréopage a pris
Le billet par Xantippe entre mes mains surpris;
Piéce que pour fonder son active poursuite
L'ardent Alcibiade au Sénat a produite:
Quelque amour que pour vous son cœur puisse sentir;
A vos loix il a fait le serment d'obéir;
Et, quoique votre Epoux, content déjà du titre,
De son bonheur parfait il vous laisse l'arbitre,

K

Madame, en attendant que sa constante ardeur
A pardonner son crime ait forcé votre cœur.

EUCLIDE.

Comme j'étois présent lorsque l'Aréopage,
Madame, a prononcé sur votre mariage,
L'assemblée a voulu qu'en revenant ici
Pour consoler Xantippe & calmer son souci,
D'un établissement réglé par sa prudence
Je vinsse en même-tems vous donner l'assurance.

SOCRATE.

Fille de la Patrie, à ses vœux, à ses loix
Pourriez-vous opposer une indocile voix,
Myrto?

MYRTO.

De tant de traits atteinte & combattue,
Comment pourrois-je enfin n'en être pas vaincue?
Je le suis, & veux bien tout haut le déclarer.
D'un cœur dont je doutois j'ai voulu m'assurer;
Je vois, par des effets dont je suis satisfaite,
Qu'il est toujours pour moi tel que je le souhaite.

SCENE XII.

LES ACTEURS PRÉCÉDENS, UN ESCLAVE d'Alcibiade.

L'ESCLAVE (*à Myrto.*)

Madame, Alcibiade, avant que de partir...

MYRTO (*d'un air interdit.*)

Comment! (*à Socrate.*)
Que signifie?...

SOCRATE.

Il veut vous avertir,
Sans doute, que choisi pour commander l'armée
Qu'aux Perses nous devons opposer cette année....

MYRTO.

Ce départ, qui paroît un peu précipité...

SOCRATE.

Dépendra sûrement de votre volonté.

MYRTO.

Je ne l'ai, ni ne puis l'avoir pour agréable
Que lorsqu'à la Patrie il sera profitable.

L'ESCLAVE.

Vous le recevez donc, Madame, sans courroux?

MYRTO.

Toujours avec plaisir je verrai mon Epoux.

SCÈNE XIII, & derniere.

LES ACTEURS PRÉCÉDENS, ALCIBIADE *qui écoutoit depuis quelques momens.*

ALCIBIADE (*se jettant aux genoux de Myrto.*

CES nobles sentimens, qui pénetrent mon ame,
Rallument dans mon cœur la plus sincere flâme.

(*Il se releve & la prend par le bras.*)

Devant l'ETRE INCONNU, mais qui connoît ce cœur,
Venez, que je vous jure une éternelle ardeur.

Fin du cinquieme & dernier Acte.

www.ingramcontent.com/pod-product-compliance
Ingram Content Group UK Ltd.
Pitfield, Milton Keynes, MK11 3LW, UK
UKHW031858260826
14628UKWH00002B/843

9 782014 049404